AQUARIUS

AQUARIUS

AQUARIUS

AQUARIUS

每個人心中都有一座島嶼，

藉文字呼息而靜謐，

Island，我們心靈的岸。

在逃詩人

Run Poet Run

曾翎龍

【推薦序】

偷換的文本——序曾翎龍小說集

黃錦樹（台灣暨南大學中文系教授）

曾翎龍和一群文學愛好者成立於二〇〇三年的有人出版社，多年來已經出版了相當數量優質的文學作品。雖然說不上造成什麼風潮，但已成功建立了品牌，持續累積下去，將會是馬華文學史上的一場奇蹟，值得大書一筆的。也許一場寧靜的文學革命正默默的展開。相較於大馬華文文學既有的型態，在商業化與黨派之間，有人或許較接近同人，比較容易以單純的文學理想來凝聚。有一群志同道合的朋友，切磋砥礪，但也相互競爭。說實話，我還滿羨慕這些小我十來歲的青年朋友的。我們這些所謂的「旅台」人幾乎都是單打獨鬥，常自然而然的相忘於江湖，或忘了寫作。

曾翎龍無疑是**有人**的靈魂人物之一，不到十年的時間裡，陸續出版了詩集《有人以北》（二〇〇七）、散文集《我也曾經放牧時間》（二〇〇九）、《回味江湖》（二〇一〇），加上這本《在逃詩人》（二〇一二）就有四本書了，而且涵括三大文類，勇於嘗試，成績也相當可觀。他的文學獎紀錄也相當輝煌，甚至可以說是以文學獎為擂台（或舞台）——不少有人同人迄今仍是文學獎常客——可見他們真的還很年輕。如果以有人出版社的成立（及同年出版的《有本詩集》）為標誌，這四本書可說是曾翎龍身為作家的第一個十年的業績。而從作品的發表到結集成書，短則一兩年，長的話十年八年，換言之，銘刻了作者二十多歲至三十多歲的生命印跡，無怪乎在散文裡屢屢感慨青春不再，也記錄了十餘年間世事的流轉。那是散文，直接與經驗相關，所思所慮所感，但也往往為經驗所限。那個與作者的名字劃上等號的我，喜歡誰的歌、喜歡哪個球員、常在哪裡加油吃飯、曾經住過哪裡、家人種種……都是些可一而不可再的事。

相較之下，小說「虛構敘事」的自由度應該更為有趣。

《在逃詩人》共收十個短篇，作品沒有註明它們的文學獎淵源。「在逃詩人」的命名似乎暗示了這不過是詩人的餘興之作（作者在第一本散文的後記即宣告〈首先，他必須是一位詩人〉）。十篇小說均用了一組面具（persona）蒙宇哲—陳如藝來展開敘事。在最根本的層面上，第一篇小說的篇名〈偷換的文本〉或許就足以概括這本書的旨趣。和他的詩努力追尋一種純真的童趣不同，曾翎龍的小說毋寧是過於世故的——不是人情上的世故，而是閱讀上的。大量的閱讀，使得他的小說綴滿閱讀的印跡，滄桑的印跡，發而為諧謔。〈偷換的文本〉及其續篇〈遍地野花香〉從一個文本轉向另一個文本，藉由不同的文本來推動故事，是個有很多性交場景的愛情故事。〈偷換的文本〉整體而言是向王小波清新美好的〈黃金時代〉諧擬與致意，〈遍地野花香〉則更自由狂肆，君不見「由鳥至鳥」、「天空一坨屎」，一切盡付諸玩笑，而〈被推翻的小說〉藉後設小說的技藝，調侃兒童文學、調侃族群政治，也調侃「詩人曾翎龍」。這種藉同一個面具講不同故事的做法最直接的取徑還是王小波的「時代三部曲」，集子中的〈安老〉、〈暗中〉都是類似的演練。相較於散文，虛構敘事（一如詩）的長處正可以讓時間延伸到不可預知的未來，甚至死後，一探蒙宇哲—陳如藝生活（甚至生命）的可能變奏。

而同樣屬於「偷換的文本」的還有〈在逃詩人〉暴虐的擬仿政治寓言，主人公強迫信奉伊斯蘭教的首相吃豬肉。「在逃詩人」顯然開了個不小的政治—宗教玩笑。就整本小說而言，「向政治發言」還是個相當醒目的趨向，雖然多出之於遊戲筆墨。〈尋找大腳〉是另一個政治狂言（相較於「政治寓言」），以大腳的傳言為引子，一群人到馬來半島國家公園裡去「尋找大腳」，小說的高潮是，教授拔了根大腳的腳毛，「**一根將向世界宣示華人才是原住民的腳毛**」嘲謔大馬的土著（**bumiputera**）意識形態的意味，相當明朗。

政治之外，〈尋找小斯〉、〈黑水溝〉都是在追尋失落的情誼、青春，是比較單純、內斂的作品。〈尋找小斯〉從象屯到蛇甘榜，世事遷延，馬來老師成了巫師，失去的童年與友伴均已不在，徒留惆悵，筆調有點類似格非的〈青黃〉，只是沒那麼撲朔迷離。〈黑水溝〉全篇以敘述來追悼早逝的主人公少年時的友人，性啟蒙和殺狗、吃狗肉是敘事的核心，最後以七十七個狗頭的意象總結，相當醒目。

小說集中相當特別的一篇無疑是〈風情無人處〉。筆調非常不同（顯得「正襟危坐」）、模擬紀實且加了個副標題「父母與周薦安的交往」，顯然是希望誤導讀者那是「真人真事」，文末還加了詳細的註腳。小說虛構了個大馬民盟知識菁英之間因路線不同而產生的角力，出賣、坐牢、暗殺、馬共，構築了相當有張力的故事。可見作者「偷換文本」確實有相當的功力，也嘗試去思考國家的歷史命運。然而從歷史上看，這樣的情況似乎不太可能發生。中共整肅民盟是在得天下、一黨獨大之後（之前他們共同的敵人是蔣介石與國民黨），而馬共在馬來亞根本沒有機會走到那一步。馬共只怕也無暇設想未來的國家藍圖，萊特案爆發，緊接著就是一九四八年緊急狀態的圍剿追殺，斷糧：逃亡。在歷史上，馬來亞的民盟支部確實和馬共有著基本的路線之爭，前者的政治認同是朝向中國的；而後者則主張為在地抗爭❶，在文學上也是如此。民盟領袖胡愈之與周力針對馬華文藝獨特性的經典論爭也間接的說明了這一事實。雖然如此，小說畢竟是小說，虛構的花園裡或許就住著真實的青蛙。

總體來看，這本小說集有一定的水平、很有青春活力，作者相當有潛力。從馬華文學的脈絡來看，《在逃詩人》清楚的透露若干訊息：當代的年輕人書讀得更廣泛，文學視野也開闊多了，能掌握的文學技巧也更為多元。雖然，也不必跟什麼彷佛時髦但其實早已不時髦的「後現代」掛上鉤。曾經一度主宰馬華的革命文學已成明日黃花，現實主義的單調乏味也早已不具吸引力。

❶參崔貴強，《新馬華人國家認同的轉向（一九四五—一九五九）》（廈門大學出版社，一九八九）第三章〈中國民主同盟在新馬一九四六—一九四九〉第六十四頁至九十三頁。據崔貴強研究，一九四八年緊急狀態後民盟已停止活動，大概也是為了避免掃到剿共的「颱風尾」。

【推薦序】

以孤獨一生作為逃亡路途

駱以軍（作家）

很多年前，第一次讀到翎龍的小說，感想便是：「這是個天才！這傢伙天生是寫小說的！」

如今我讀完此書，那感想更確信不移。他似乎是黃錦樹小說某種神祕特質真正的精神傳人，那不斷兜轉，朝一隱祕遮蔽的藻井，旋轉下降，不斷翻開的鬼臉，趨近那將難以言喻之「痛史」蓋牌的黑暗之心。華族的流浪哀歌（如此絕望知道除了他們這在二十世紀被顛簸甩進奇異的「族」之概念形狀，其他華人無法解讀），被吞進「南方的」山海經、西遊記，甚至〈格列佛遊記〉齜牙咧嘴的怪表情，黑洞給咧開的笑喉嚨，細端詳則是櫛次鱗比的「永遠自外於……」，他人的國度，轉過身，他人的大歷史，時間，祖先幻化成飛禽走獸，他人對性的文明教養，他人的政客語言或種族歧視……。

那當然有一種惡童面對亂扭拗擠成一團的華巫歷史傷痕，對那恍惚生出超出苦難邊界，已成為噩夢（或荒謬劇），對土地或雨林的眷戀與怨恨，對斷片殘骸之「父的流浪史」自傷，無從追索，索性飛翔於唬爛幻術之上。

這組小說，始於一種鮮豔、腥騷，怒意勃勃的「我作（愛）故我在」，只是剪影般的存在——他甚至無法如黃錦樹漫天幻造出湮逝的南方的，「性強大近乎神魔」之祖先——，之後搖頭晃腦，如巫祭之舞蹈，運鏡帶我們進入主人公蒙宇哲的「一生的時光」；古怪的川端〈山之音〉的暮年哀歌（最後竟住進了養老院）。時間在「我」這樣一個無比孤獨的存有身上，流過，像卡爾維諾〈帕若瑪先生〉那樣羽葉般剝翻孤獨一代，不，一個，「我」的冒險遊記。然後就在「我」身上，完成時間之耗竭，衰老，燈光熄滅。

在短篇的操作上，曾翎龍始終帶著一種小說「虛構」的原創和野性，像是疾駛火車窗外快轉的風景，他的暴力和詩意常對坐互瞪；性的狂歡芭蕾，瘋人院似的桀桀尖笑或怪誕；鎖在失憶之潘朵拉盒裡的青春輓歌……種種種種，那是曠野上，我們記憶殘影的李永平、張貴興、黃錦樹，曾創造出來的魔幻雨林地貌；那麼龐大難以用單眼鏡頭顯微觀看之多重維度宇宙。他們曾將那些洶湧暴漲的時間軸，塞進鮮衣怒冠的緊密文字，摺縮成一部偽造的南洋文學史，或大河盡頭的奧德塞史詩。如今曾翎龍似乎將之變奏成一組組，你可以聽見那奧義、密碼，與抵達之謎在那晦澀小說之鎮裡，叮噹敲擊、共振的複音。

這個小說家值得我們關注並愛惜。

【推薦語】

來自他們的推薦……

黎紫書（花蹤文學獎馬華文學大獎、聯合報文學獎小說首獎得主）：

「他不來自江湖，他來自鄉土；他不出身小說，他從詩裡誕生。這書裡的小說無一不透露著他心底終極的意向——詩與鄉土。在今天這年代，選擇詩是一種浪漫，選擇鄉土更是一種豪情了。

我以為他的詩情給了鄉土新的意境，為馬華小說推開了另一扇窗，召來了更「現代」的新鮮空氣。也因此，他所執守的鄉土就有了一層開創性的、劃時代的意義。」

許裕全（花蹤文學獎小說首獎、聯合報文學獎小說評審獎得主）：

「讀小說的樂趣，無非是好的文字說好的故事，能活化讀者的細胞、穿越一層又一層的想像。在翎龍的書寫版圖裡，可以精緻也可以大部頭，重點是他懂得說故事，我覺得這特色很重要，像是眾聲喧譁裡，我依然能分辨得出最純質的聲音。技巧可磨可練，但這說故事的真功夫，有時卻讓人無奈，因為它大多與生俱來。單憑這一點便讓人對翎龍無限期待。」

龔萬輝（花蹤文學獎小說首獎、時報文學獎散文首獎得主）：

「彷彿又回到基因圖譜繁複駁雜的熱帶雨林、昔日時光的橡膠園、馬共傳說和政治變裝秀……炫麗多變的題材和技法，讓人目眩神迷；之中又帶著莽氣，和濃重的泥土味。恍如久走江湖的異人，對真實世界總是故作嘲諷，總是世故又多情。」

目錄

偷換的文本

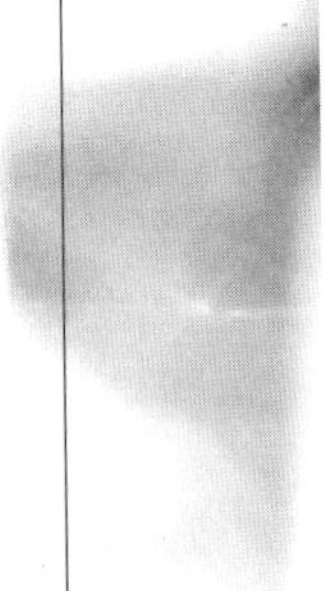

蒙宇哲在他的書後站了很久。司儀先請出版社社長講話，再請大將書行老闆致詞。這是他的新書推介禮，地點就在大將書行，吉隆坡文化街。剛才他推開書行的門，看見牆上掛著剛勁有力的橫匾：但使隆城大將在。他想這句子好熟，又想這有意思，有大將在，我的書不愁不賣。但他來不及三思，就被人推到書後面。他的書叫《踰越》，一個人占了封面的一半，文案打在他近腳處：他終於來了，來到這臨界點。他曾有剎那猶豫，但他很快跨進去了，跨進另一個世界。他很滿意這封面，現在這封面被放大，在一塊三夾板上，上面那人依著輪廓做成了一道門。他躲在門後，很有些得意，像在後台等待粉墨登場的戲子。

司儀終於喊了，現在讓我們歡迎我們的新生代作家。他就靦腆推門走出來了。有那麼一瞬間他覺得陌生——那些鎂光燈和掌聲——但他很快適應了，開始從容微笑。礙於出版社和書行情面，很多報館都派了記者。他也看到自己的同事，甚至想到明天報紙標題：本報蒙宇哲小說集面世。

拍完照便沒他的事，他坐在前排椅子，聽某位前輩作家講評他的小說。全是溢美之詞，但他還是很認真的從自己小說中思索用過的句子和技巧，來對應一些新鮮讚美。這樣一來，他就覺得那講評人也並不浮誇，都是有根有據的嘛。這時他感到右腹部被什麼啄了一下，一隻手拿著一張名片，拇指指甲泛著一層油光。陳如藝，女詩人、自由撰稿人。嗯，這名字他在文藝版看過。台上的人正講著自己好話，他坐在第一排不好回頭，就也拿了一張名片往後遞。他也有兩個名銜：媒體工作者、作家。這是他的新名片，因為出了這書，那作家才好意思放上去。當然寫作是副業，他的正職是某報館編輯。他想過放「編輯、作家」，但那有自己編自己的書來出版的意味，讓人笑。他聽見後面小聲說了句再見，接著便是挪動椅子輕響，講堂前門被打開了。他側目望去，剛好看見一個紅背包。

兩天後蒙宇哲收到陳如藝的電郵，內容是《踰越》閱後感，她提到韻律，提到魔幻寫實。最後她說，這小說有著詩意的張力。蒙宇哲很高興有了個詩人讀者，而且是個女的。他這兩天特別不踏實，因為他出書，報館同事看他時眼光都不一樣了。和熟稔同事一起，他覺得自己是主角。他們都是什麼呢？不過是沒有靈魂的生活物種。他的靈魂懸在書架最高那本康熙大字典上，連看總編輯時都是一個俯視角度。三角關係業已成形，他、靈魂、凡人。他的不踏實是因為他自己和靈魂也有段距離，隔著許多逐漸被湮沒遺忘的字眼。但他畢竟與眾不同，只有他發現了這距離。和不熟稔的同事擦肩，他察覺他們都在距離之外，正在轉頭望他。接線員聲音也變了，還有食堂老闆、收銀員，讓他多扒了兩口飯。他把這種文人的虛榮和陳如藝說了，她回了長信，努力解釋文字的虛假包裝和轉化。但這是我們的本質，最後她說，沒想到我們這麼快就進入事情的軸心。

他們圍繞著主題討論了兩個月，彷彿主題之外還有一個主題，正等著時機成熟，迸出一朵花來；在那之前誰也不願觸碰，相互間存有一個默契，要保有這段醞釀期。最後還是他窺準花期：因為主題的持續模糊，我們是否應該出來喝杯咖啡？她拒絕咖啡，咖啡讓人沉溺，啤酒讓人解脫。她建議到處女酒吧，就在大將書行旁……但兩個月了，我記不得你長什麼樣。她說，你有在小說裡適合當偵探的長相。那麼偵探，出門時帶本夏宇詩集吧。他不知道為什麼夏宇成了他們指認的中介，他只看過她那首下酒詩，聽說人長得像蘋果派。

他比約定時間早到了，先到大將書行打個轉。雖然偶爾也看詩，他卻幾乎不買詩集。大將書行老闆認得他，指著他的書說位置明顯呢。旋轉梯般疊起，也不知賣了多少本。夏宇詩集倒賣完了。難找啊，特別從台灣空運，賺不了多少錢。老闆拉開抽屜找出一張明信片：隨夏宇詩集送的，我抽起了一張。他笑了笑：正好給你。

他坐進酒吧等，把明信片放在左側桌面。上面畫了兩隻羊，他想起一首兒歌：河邊有隻羊，河邊有隻羊，河邊有隻馬騮精，好似你這樣。馬騮精不是要在樹上跳來跳去嗎，怎麼跑到長草河邊來了？這是另一個世界。他不耐煩地點了菸，讀著明信片上的詩句：當我打穿他血像牙膏擠出來，結束他的憤怒和疲倦，至少此刻他又是個童男。他抬起頭，彷彿那是一個命定剎那，在噴出的煙圈裡他看見那個紅背包正向他走來。

陳如藝拉開椅子坐下，說：我以為我忘了，可一見到你我就又記得了。他看著她，首先是耳朵形狀，有點反骨。這樣就不能當耳環模特兒了吧。最特別的是眉，很濃，像哪位水墨畫家畫峨嵋山，突然就潑了墨。這兩個特徵模糊了別的部分，他看著這位耳朵反骨的濃眉女子說：我以為妳長得像蘋果派，結果不像。她看著手上的夏宇詩集笑了：文人傳聞總是精準遠播。他也笑了，看看四周有沒有人在看他們。怎麼約在這裡？她先從他菸盒裡挾了一根菸。Virgin這個字翻成中文就變樣了，變得沒有歧義。

她說：你知道嗎？這是一間優質唱片公司的名字，有一位歌手我很喜歡，Brian Eno，唱The Son's Room的主題曲，〈By This River〉。他有點不能吸收她語言的跳躍，但《兒子的房間》這戲他看過，就哦了一聲。她從背包拿出《踰越》讓他簽名，他猶豫一下，寫：女詩人陳如藝教正。怎麼詩人還加個女呢？他問：妳是女性主義還是反女性主義？她揚了揚眉，像山動了一下。這年頭啊，一個招牌掉下來會砸死好幾個詩人，但其中不見得有女的。她噘嘴示意他看啤酒泡沫：寫詩像這泡沫，沉澱是本質，但一沉澱便不好喝，所以要快——一快人就多了，像快餐店。他覺得要好好想個比喻來回應，緩緩呼出一口煙，忽然就想到了：寫小說好像這煙，剛開始是迷濛，要等它消散了才看得清楚。她似乎很滿意他的比喻，很快的從背包抽出另一本書，《愛在瘟疫蔓延時》。是啊她說，馬奎斯寫這小說用了三十年呢。他質疑道：那是《迷宮中的將軍》吧？這本只用了十五年。她岔開話題：我喜歡裡面的沼澤。

突然她就說了：我們去看鱷魚吧。

蒙宇哲其實不確定馬奎斯用了十五年或三十年來寫小說，但他記得阿里薩等費小姐等了五十三年。咦，還是五十四年？對他來說作品永遠比作家重要。他的結論是一個凡人可以寫偉大的小說。所以他不喜歡海明威，太傳奇了。但他迷戀馬奎斯，雖然海明威是馬奎斯的偶像。他不覺得這樣的三角關係有何不妥，一如他深信《百年孤寂》裡頭的雨會一直下到世界末日。從吉隆坡到馬六甲是一百五十公里路，他來過好幾回，不外是為了重構當年喧鬧海峽，想像鄭和寶船如何如大雁翩然而至。鱷魚潭他還是第一次來，這讓他感覺從未來過馬六甲。事情就是這樣，他經歷過的種種事情因為有陳如藝，彷彿事情從來就沒經歷過；像好幾年前覺得老土不肯再用的字眼，如今再用又覺得新鮮。至少此刻他又是個童男，他在心裡罵過又笑了。鱷魚潭有五十條鱷魚，他算過了，也許五十一。有一條死了一般但一直張大口，陳如藝問：你說牠要張到幾時？這時他說了：永生永世。

兩個月後蒙宇哲和陳如藝結了婚。這期間陳如藝出版了詩集，《有人以北》。為了還原詩中旅途，他們打算曲折北上，把越南當作蜜月國。陳如藝好幾天一直待在書架前回思看過的詩句和章節，宛如莊嚴而神聖的儀式，把一本本書塞進她的紅背包。有一天蒙宇哲從報館回來，拋給她袁哲生的書，說他上吊死了。她一下子跳起來：啊這猴子還真爬了樹。

他們以鐵路北上，先到曼谷看了場表演，再坐當地火車來到泰柬邊界亞蘭鎮。在亞蘭鎮上他們展開了初夜，其實那天看鱷魚回來他們就想了，只是陳如藝是教徒，雖然看不出信望愛的樣子，但規則還是遵守了。而在往曼谷的火車上他一再慫恿她就是不肯，現在他懂了，在亞蘭鎮某間旅館床上，他慌忙彎身拎起褪到地上的衣服就往陳如藝臀下塞——原來她真是處女！他想像火車服務員早晨收拾床鋪時發現那攤血跡，朝他遞了個會意眼神再把紅事上報車長。他想像車長把香檳擺在那攤血中間，準備在這重複往返的火車上舉行解悶慶祝儀式。他想像車長通過擴音器以幾種語言宣佈處女號火車的命名；他想像那「處」字鏤空在染紅的床單，被製成旗幟在火車頭上伴隨汽笛飄揚。

他不是沒想過，但這事不好問。等到事情發生後他就亂了，從前經歷過的性愛顯得如此輕浮，不知道從何時起逐次飄出他腦殼，蒸發了應有的細節。他竟然有些安慰，至少此刻他又是個童男。反而她篤定多了，這篤定似乎來自宗教，一是她接收了上帝旨意，一是她背叛了上帝。她擠出沐浴露當止血藥敷在傷口上，叫他再來。蒙宇哲就來了，當他打穿她血像牙膏擠出來，他總想到這個，但這次他有了補充：透著芳香。事後他們不願睡覺，他們避不開床中央擴散的濕塊。蒙宇哲覺得這樣的時刻他有責任說話，於是他就說了：人類一做愛，上帝就臉紅。陳如藝說是那血映紅了上帝臉，上帝看第二次臉就不紅了。蒙宇哲說妳別打岔，他繼續說了：從來宗教總是和性作對，穆斯林剛旋開妻子頭兜，想起隔天五點要起來早禱，一是草草了事，一是抱著微臭頭兜酣睡。正信的佛教似乎禁慾，當然也有人反對，洋洋灑灑引經據典指佛教縱慾色未必空，結果毀了鵬程當不成校長。基督教還好，經神鋪設的雙人床上永遠擺著禮物，但睡在床上的人總是小心翼翼不敢弄破花紙，怕神看到，而他們知道神必定看到。蒙宇哲說這是他的小說〈神交〉裡的一個章節。這題目好土，陳如藝說還不如叫〈眾神的性交〉。蒙宇哲說那還得了？陳如藝說那才了得。後來他們還是睡了，蒙宇哲夢見自己穿著那血衣走進自己的小說，成了小說排斥的他者。

他們從亞蘭鎮來到吳哥窟，看了三天千年曝曬的石頭。只有兩塊沒讓他們失望，一塊是巨大石盅，一塊是迎合石臼，擺在朝四面八方微笑的那王的宮殿。他們對歷史沒什麼興趣，可陳如藝說她要療傷。我不能帶血進入西貢。她說是西貢，胡志明那時還沒回到越南呢。這幾天她都在埋頭苦讀，偶爾也把書拋給蒙宇哲，莒哈絲的《情人》。然後她要蒙宇哲看她從泰國學來的神技：用陰道口抽菸。要是真能從裡面出來一兩絲煙，她一定樂不可支：這煙的療效很好。蒙宇哲覺得她變了，這不是他熟悉的，卻想經歷。她就像小說，可以允許任何情節的鋪排。有一次在排出一絲煙後陳如藝說：我感覺到她走了，永遠的走了。蒙宇哲說：那我便進來了，一次又一次進來。陳如藝瞧了他一眼，發現他開始懂得詩的隱喻。

中國摩吆❶占據了西貢，他們在雨天來到楚隆，在電器行看見挨次排列的包青天在審案，啪的一聲雷。陳如藝說從前是人越南而來，現在是商品。她想像舊時三輪車伕濕著腳，露出的胳膊有一種豪華氣息。他們連跑了幾間旅店，終於接受時空嬗遞，陽光再不能從板隙間進來。他們選了一間有百葉窗的房間，相互釋放熱能來對抗有點冷冽的空氣。閃電從窗口切割進來時他們也正在切割，然後是蒙宇哲一聲沙沉低吼。事後他們去買了盆栽，裸著身子為它澆水——幾天後他們打算將它留下，但這幾天它將吸收上帝的目光，讓上帝依循曲折生長路線思考，而無暇回想上一次的臉紅。陽光出來後他們帶著更大的熱能糾纏，汗水流過山脈和小溪而後蒸發，在帶腥味的小室上空盤旋，取代了上帝的位置。室外街頭開始喧鬧，每一個透窗而入的聲音都和他們的呻吟有著相同頻率。

在順化皇城陳如藝又從紅背包抽出一本書，柯慈的《屈辱》。他們約好每一下撞擊便要念一行詩，誰念了誰便主動。這樣一來陳如藝大占上風，徐志摩拜倫她熟得很，每一次下挫都隱隱套在詩人寫詩的筆上。蒙宇哲一直被騎在上頭，他刷完牙後彷彿就沉睡過去，但他終於也想到王小波，這位被張大春譽為中國現當代小說史上的第一人，竟然也是位詩人。他說：走在寂靜裡（俯撞），走在天上（俯撞）。而陰莖倒掛下來（大力俯撞）。陳如藝讓這詩句給嚇著了，蒙宇哲撞得興起不願停，竟然自己想了幾句補上：如果我們小孩般相遇（由緩而急），我將會看到妳（俯撞），最隱密的私處（俯撞），沒有遮掩（俯撞），沒有不必的陰影（尾音拉長，距離縮短）。他以勝利者的姿態結束了遊戲，他記得上一回的敗北是因為劉震雲的《手機》。他們相約互罵髒話，蒙宇哲湊上陳如藝耳朵，但他告訴陳如藝，她罵髒話時耳朵會顫抖；到他罵時耳朵卻不動了。於是他讓她罵，各種不能書寫的方言器官都出來了，陳如藝記得她最後罵的是：小和尚！他就真成了小和尚，被反鎖在她的耳朵裡修行。

他們繼續北上，紅背包體積越來越小。在河內他們選了袁哲生的《猴子》，陳如藝在浴室待了很久才叫蒙宇哲進來。暗了燈後她坐在馬桶上把裙褪下，說你仔細看，等下我要問你問題。旅館沒火柴，蒙宇哲掏出打火機，嚓的一下他就嚇呆了，手一鬆火也就滅了——陳如藝竟把陰毛剃了個精光。她開了燈問的竟然是：我剛才小便了沒？

他們沒再關燈，陳如藝說你不是不願看到陰影嗎？蒙宇哲仔細巡視，果然自她粗眉以下再看不到黑色。這是何等不協調的山水畫，他想。而他是一條黃鱔，離水便活不了。

最後他們上山來到沙霸，陳如藝拿出最後一本小說，王小波的《黃金時代》。她向土著買了裙子，要她帶他們到部落，他們想寄居。那兒剛好有條小溪，只是溪水一點也不湍急。但蒙宇哲還是攔腰把她扛上肩頭，每走一步便要拍打她的屁股。陳如藝驚覺有些什麼被他拍落了，掉到溪裡。她想過讓他放她下來，但她什麼都沒說，只是靜靜望著潺潺流水。這時她心裡想到的竟然是革命。入夜時他們出來野合，要像書中那般赤身裸體無遮無攔，但那地方實在太冷，他們每次喘息都能呼出一縷煙，只好隔著厚重寒衣抱在一起，像兩個笨拙雪人。忽然他們聽見窸窣聲響，一隻羊竟摸黑跑來吃草。陳如藝撿了塊石頭丟去，羊驚嚇著跑開了。

回程飛機上她看見空姐制服簡直就是她背包的紅。這次旅行她一本詩集也沒帶，因為詩總是略過細節，她怕他們模仿不來。但她發現她越來越沉溺於細節，當空姐和男服務員搭檔推拉餐車過來，她就構想紅制服背後故事，在稍作休息的服務員機艙裡，他們也曾倉促拉推，讓兩件紅制服分合、分合。但蒙宇哲說那紅更像乾在床單上那處女血。他早就醞釀把他們的故事寫下，只是他寫了他們的初遇就再寫不下去。以前他寫小說要有一段排毒期，把「他表示」、「他說」這些新聞字眼篩掉；現在他想寫小說就必須把赤裸的陳如藝踹開——她太鮮明，遮住其他細節。眼前這攤血鋪排不成一篇小說，或者說他已經喪失這能力。但如果是詩，他馬上想到一句：血衣飛上天空，上帝的臉更紅了。

回國後蒙宇哲停寫小說。他的〈血衣〉被譽為魔幻現實詩的開端；那首小孩詩更是受到詩評者重大注目，他們說他是走出小說陰影的詩人。而陳如藝發現自己可以從消散的煙中看見被隱藏的細節後，嘗試續寫蒙宇哲未完成的小說；她剛剛把它寫完。

❶摩哆：即摩托車。馬來西亞通稱摩哆。

遍地野花香

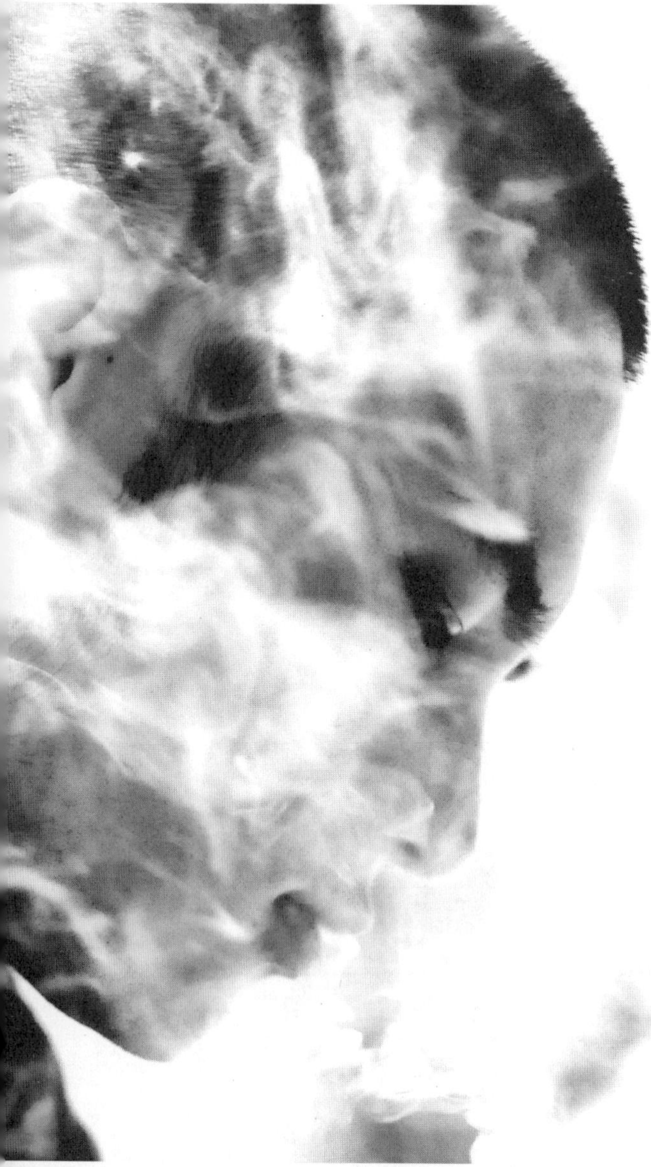

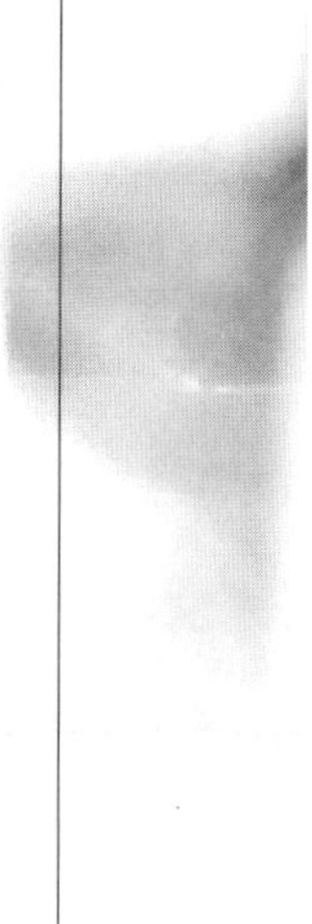

陳如藝站在廣場看著魚貫入場的選民快速散開，消翳陽光下她手上捧著的牛屎很快連最後一點溫熱也都無感。砰一聲她身後那碩大陽具過早地噴出一兜煙花，「我思念中的裸露的南國公主」最是禁不了雨，她回頭望去只見那龜頭突地裂開，伸延出幾大片再拼合著像一朵倒生冬菇。回過神來她趕緊走到刻著自己作品「由鳥至鳥」的龜殼前按掣，原本緊貼的龜殼嘎啦移開好大一條罅。她巡視敵情，看見播著「天空一坨屎」的電影聯盟再顧不了觀眾，把銀幕九十度後倒，玉體橫陳。那個治洪大禹雕塑背部逆向長出一雙擎天翅膀。「吉陵春秋」版畫裡頭一個個吉陵姑娘頭上頂著的盆呀桶的，也有了生命般中空立體了。只有以前衛行為藝術掛帥那獨立人士似乎被雨勢堵住了便意，他身後好不容易才大出的三坨屎也已經糊成一團。

雨開始下時蒙宇哲在牛棚餵牛。他還有些賭氣為何文學聯盟選了陳如藝而不是他出來競選。評論社老大不是說了嗎？散文像遛狗散步小說像跑馬拉松而詩是跳舞。他以為這是對詩的褒揚是對前兩者的貶抑，怎知最後還是小說後市看起。聯盟長老勸說，選舉委員會給各黨劃了五十平方米競選地，你的詩撐不了這麼長啦。又一個說你的賢內助贏了不就是你贏了，蒙宇哲心裡想，她贏了就我是賢內助了。

他把煮熟的綠豆混著香蕉搗泥，再抓入一把金沙攪和，抹在草上。牛吃草時他為牛撐傘，一旁的胡莉為他撐傘。這位散文作家對競選壓根兒提不起興致，她只關心她的貓，盡寫些要不要讓貓生孩子之類的文章，讓聯盟也對她提不起興致了。偶爾蒙宇哲到她家幫她抓貓沖涼，這件大事一個人可弄不好。他看見她把書堆成一疊，隔陣子去看又堆得高些，說是訓練貓大便，高度習慣了便會蹲到馬桶去了。

剛搬到布城時蒙宇哲在一次所謂的文人沙龍上初識胡莉，對胡莉來說那是一次難得的機緣，她極少出席這類菸酒聚會，因為回到家連貓也不肯近身。她看蒙宇哲像一根煙囪不斷冒煙，奇怪的是她這次把那看作炊煙，對他遂有了一種母愛式的親近。她的貓也一反常態喜歡黏他，讓他經歷了一種本土性洗禮式的接納，覺得可以待在布城很久很久，夢魘般揮之不去的牛屎味也就倏地成了家的味道。

陳如藝把牛屎丟進龜殼罅時音樂聯盟的碩大陽具正唱到：如果你不能懷疑皇后的貞操那你做個國王的樂趣在哪裡。歌聲穿過雨絲間隙直刺陳如藝私處，那裡有她對朱小哥難以覆蓋的蜿蜒自鄉土潺潺溪流的情慾。歌聲的忽然抽離像是沉到溪床的石頭被掘出拋上岸邊，那樣一種若有所失的空洞的癢。嵌在花間草間椅子靠背的揚聲器傳出選委會主席張標忠召集候選人的聲音，陳如藝走過獨立人士身邊看他仍不動如山醞釀還欠七坨才能抵達終點的屎，此時石頭再次跌落激起陳如藝磅礴便意，真想就這麼蹲下幫他幾把。

她低頭走路，深怕流過腳邊的污水沾鞋——怎麼個變態城市竟然把這當成安身立命的優良傳統身分認知；唯一令她欣慰的是青石磚間迸出的無名小花，將在可以預見的明天成簇成簇地開。

她掀開牛棚行動室大門凌建國便衝到眼前：妳的糞還摻了金沙啊妳說怎麼著！這位選委會祕書長了個豬鼻哧哧地噴著鼻息：蓄著山羊鬚道貌岸然的張標忠也望著她：有這回事？

這個那個聯盟也都起鬨了——我的人一一算著的，我那陽具一共吃了一千零一十坨，丟到龜殼的才八百三十一坨，怎地她的還比我重？朱小哥說：嗯會不會是你的陽具不夠大盛不了雨，如果下雨雨水也都計磅這可是當初大家都同意的。——屁！我的不大難道你的大？大個屁！難不成是底下的大秤被弄了鬼？——屌！我的吉陵守衛不休不眠漏夜看守，秤沒屌是屎有屌！——幹！拍電影也沒這麼幹！叫妳那賢內助出來驗明金身，幹！——屌，讓什麼外地人參選嘛真是屌！Check it out！你不是外地人你就留在非洲唄Check it out！

那句外地人還真讓陳如藝心頭一痛，想當初朱小哥剛到布城她去接他時，就因為從他身上聞到熟悉的土味而感動近乎窒息。如果不是不讓鳥生蛋的家鄉食蟻獸出沒使她惶惶不可終日，她怎麼也不願到這臭不可聞的糞城。由鳥至鳥，她現在是有點悔意了，像一顆凝在半空的蛋不曉得能不能安全著陸。在床上她掏出朱小哥的雞巴怎麼看都覺得是家鄉才能孕育出的模樣。在床上他們立正高唱久遠週會時近乎但還未遺忘的國歌，這時朱小哥的雞巴行了一個最愛國的升旗禮挺向南方。當他進入她，她覺得家鄉的一草一木也都依次入侵，她是如此柔順地迎迓直至最後感覺她再次擁有一整個家鄉，如此溫潤而堅定地包容山水，包容她曾經背離的天空和那天空中低徊的小鳥。

陳如藝望著為她申辯的朱小哥，從他眼裡又看見那一整個家鄉，只是畢竟距離遠了很有些模糊。她闔眼，下定決心似的關閉對岸風景，再睜開時她說：我是摻了金沙卻不是摻在糞上，是讓牛吃進了胃。——這有個屁分別！——幹！金沙便是金沙屎便是屎兩不相干！陳如藝目光轉向張標忠，他家還有她潮了水似的臟脹小說，每一頁都塞著鈔票。這時他說了：屎便是屎，吃了金沙排出來的也就是屎。

眾皆靜默之際獨立人士推門，陳如藝連忙閃到一旁不曉得他有沒擦屁股。也不曉得何時穿了一身長袍馬褂，他說：吾亦食金沙，硬屎橛子出矣，何足怪哉？凌建國大嚷：荒謬！真是荒謬！我要重寫選舉章法！張標忠瞪他：你要重寫是你自家的事，我是主席你是祕書，我說了算。

文學聯盟的新秀們排成長長一列隊伍，從牛棚一路綿延到廣場入口處。蒙宇哲把牛屎鏟到龜殼遞給胡莉，胡莉再遞給身後不知名的新秀助選員，看著他們熱情洋溢又小心翼翼地把雙手捧成一個呵護姿勢，又怕讓雨淋濕，把腰彎了把頭也垂下，一臉專注彷彿眼前牛屎是一顆顆滾動的蛋，一不小心就要摔破。這年頭新秀可真多啊。

牛棚裡養了五千頭牛，三千頭吃金沙的專屬牛屎給文學聯盟會員，另兩千頭則供游離選民。拿了聯盟牛屎的游離選民因為龜殼太具象徵性，也就不好意思拿到吉陵或陽具下丟。為了這龜殼蒙宇哲和胡莉跑遍全城寵物店，後來又跑到海邊看看有無上岸下蛋的海龜。當然沒有。又一次瘋狂交歡後蒙宇哲決定人造龜殼，在科技與傳統兼具的布城只要找個巧手人打個模，漏夜趕工五千個龜殼也就出來了。

蒙宇哲和胡莉第一次發生關係是在她家浴室。他對她原不敢遐想，畢竟他和陳如藝相愛，兒子也和她的貓一樣歲數了。偏生他是一個浪漫詩人，最近甚囂糞上的流言蜚語更鬧得他快憋不住了。當胡莉從那書堆中取出他的詩集說她最喜歡這首，隨即念了出來：如果我們小孩般相遇／我就會看到妳最隱密的私處／沒有遮掩／沒有不必的陰影；他的眉頭緊得就像他那話兒和牛仔褲之間，充滿了釋放的張力。對於他的詩集竟有意想不到的訓練貓大便的功能他一點不以為忤，反而覺得從此他和布城的人事物轇轕又更深了。然後胡莉說要為貓洗澡，他努力抓貓，那貓一碰水便野了，濺得他一褲都是水。胡莉說你就把褲脫了吧好辦事，我不看你便是。他有些茫然但還是把褲脫下，抬頭間他看見胡莉敞開的領口裡一滴水飛上了北半球，他一直想著水乳XX水乳XX那又俗又濫的成語，那話兒猛地從孖煙通❶間隙出閘，那麼碩大直挺地壓迫浴室狹小空間，胡莉也抬頭了。她說：國王你別生氣。

她把滿手泡沫塗到龜頭上順勢又套抹了龜身，那麼輕柔而冗長的儀式，褪去了他的味道，換上了他和她和貓，屬於布城獨特的味道。然後他進入她，彷彿進入另一個家鄉，風景不斷後撤又不斷前進，一切都那麼新奇又漸漸地熟悉，最後他也就住了下來。

陳如藝站在計票室落地玻璃窗前俯望廣場，獨立人士身後已有七坨屎，他還在努力。她一直揣想他的便意是一種憤怒還是一種愛的表達？是一種遺棄還是一種駐留。廣場上人已稀疏，電子計重磅螢幕數字緩慢跳換。她看見備受爭議的電影「天邊一坨屎」已經播到尾聲，心想當選後第一件事便是把家鄉的西瓜移植到布城。沒有必要回去了吧。布城雖是一顆不起眼的鼻屎，這顆鼻屎卻也是慢慢形成乃至擠也擠不掉的，自己的鼻屎。看著廣場上的龜殼山她突然強烈想念蒙宇哲。我們必成化石，她想到了見蒙宇哲後第一句要說的話：我們必被鏤刻進布城的歷史。

大禹和他的翅膀已通體污黑。剛剛朱小哥還對她說：我有翅膀我帶妳飛。但她不再需要這雙翅膀了，她再也聞不到他身上的土味。像蒙宇哲一樣他竟也是保不住那土味的。先是蒙宇哲的土味然後是朱小哥的土味最後是她的土味，全讓布城的屎味吞噬了。

作為當選的必要儀式，張標忠猛地把手中一坨牛屎撲蓋她的臉。好大一坨屎，她先是有些驚愕有些惱怒，然後也就聞出了牛屎的甘香。她還用舌頭舔了舔。

回家後陳如藝說：明天你也送本詩集讓張標忠評評吧，他的話管用。蒙宇哲正在床上為她修剪陰毛，他很久沒這麼亢奮因為他發覺陳如藝的味道變得和胡莉一樣。他丟棄剪刀用打火機點燃一根薰香，把那原來被圈限成番薯地形的陰毛一片片燒光。那薰香竟也是乾牛屎做的，在牛屎味中他們做愛，當他進入她，他和她都有一種回家的感覺，一種最閒適的，家居生活。好吧就把話都說清楚吧，呢喃中陳如藝說：我喜歡朱小哥，但我愛你。多麼又俗又濫的老套對白，蒙宇哲也說了：我喜歡胡莉，但我愛妳。

窗外的布城，太陽出來了。

❶孖煙通：意指男性四角內褲。

在逃詩人

落葉時節，離市區十里的一處橡膠林，蒙宇哲正用一把巴冷刀掰開一粒榴槤。如果陳如藝在，她也許會為這個畫面寫一篇二十萬字的小說，其中包含偉大的種族主義、離散與植根、分化或同化。問題是這篇注定只能泛出暗香的小說設若讓腦滿腸肥的老饕嗅出箇中真味，只怕如今坐著掰榴槤的會是陳如藝，換成蒙宇哲為這樣的畫面寫一首詩，蒙宇哲甚至已想好了詩的開頭：左手和右手距離在擴大／那張力／使豐盛的果實滲血。

蒙宇哲把刀擱到一旁，坐在對面的阿布不止一次想縱身撲下，為自己和國家的命運扳回漂亮一局；或轉身疾跑，跑出這見鬼膠林，只要見到人他便安全了。但當他終於下定決心腳底正暗中使勁時，他猛然想起許多年以前無數個午後，他和蒙宇哲沿著紙鳶飄落方向一個勁的跑，但他總是越跑越是落在後頭，有一次他跨上單車死命地踏，當他一腳踩上那在空中覬覦已久的超人紙鳶正要神氣的喊：別動，我的！蒙宇哲已經趕到，不由分說用手一扯，他腳下只剩半截的超人就再也上不了天。稍微長大一些他們把手擱在鋸得平滑畫著棋盤的紅毛丹樹桐上掰腕兒，他覺得自己使的力大得可以相等於老師剛剛在課堂教的九牛二虎，偏偏蒙宇哲又比他強了一些，那時蒙宇哲可能已懂得拉牛上樹，或力拔山兮氣蓋世這名句精華。他不懂蒙宇哲那時想的卻是：嘿嘿你沒吃豬肉。

自從蒙宇哲惡作劇地買了兩盒叉燒飯回來，阿布就決定以齋戒月的戒食信念度過這或許是真神降於自己的考驗。儘管聲音已稍微變調但他堅持滴水不飲，連口水也不肯吞。他想讓蒙宇哲見識一位穆斯林的自律與堅韌，只是到了晚上開齋時間，當聽到榴槤墜地聲響後，他望向蒙宇哲的倔強臉上終於也露出了一絲可憐。蒙宇哲提出要和阿布比賽，誰先找到榴槤誰就可以吃，奇怪的是他們竟一人找到了一粒。

折騰了一整天，阿布睡在膠林破落木寮又硬又髒的木板上，蚊子多得蒙宇哲必須把幾片生鏽破鋅片搬進來，在上面疊放榴槤殼生火熏煙。那煙混合榴槤悶香嗆得阿布咳嗽不止，這卻還不是最難忍受的。最難忍受的是那綁住他雙手防他逃走的乳罩，它讓阿布不自在地輾轉反側，手不懂往哪裡擺。望著腳邊屯聚的罐頭肉丁紅燒扣肉午餐肉排骨王，還有華人佳節必送佳品龍記豬肉乾，阿布決定暫且不想明天的事。如果阿拉允許，事情會解決的。

蒙宇哲是一位詩人，他曾聽一位流亡海外的詩人說，詩是一種隱藏的藝術。他覺得這主張錯了，因為他不單是一位詩人，還是位革命詩人，革命詩人寫詩如果扭扭捏捏猶抱琵琶半遮面，就像把那則月餅傳說裡的八月十五殺韃子改成月圓時節操刀入蒙古包，那命還革得成嗎？

誰都知道蒙宇哲是在內安法令下被逮捕，這法令若要用一句詩來形容，只能是大豬小豬落獄盤。它可以在未經審訊下將人無限期扣留，幾十年前用來對付馬來亞共產黨，幾十年後當蒙宇哲挾著阿布深入膠林時，陽光從疏落葉間照在他有點倉促的步伐上，他感覺自己像共產黨後裔，在一場成功的游擊戰中俘虜了敵方將領。蒙宇哲從甘文丁扣留營逃脫的事蹟，在他死後幾十年還將在革命黨人口中流傳。可以預見的是，革命黨將在不久的將來被撤銷註冊，而蒙宇哲也將在該黨正史之上塗抹一層傳奇色彩，這便是所謂的口述歷史。

自從首相阿布宣佈大選提名日和投票日後，蒙宇哲和陳如藝便利用每週一次的探監時間擬好了全盤出逃計畫，他們只是沒想到後來阿布會成為這計畫的主角之一。蒙宇哲首先很快的和營裡的政治異議分子及革命同志們達成了絕食抗爭的共識，他們的共識是趁大選前向政府施加壓力，要求廢除內安法令並無條件釋放所有被扣人士。絕食請願書當然由蒙宇哲這位詩人草擬，但他華文可以馬來文可差得遠，小學時他成績總是拋離阿布，上國中時就被阿布追上了。好在他只把絕食當幌子，將就著也就算了。他清楚知道甘文丁扣留營將在他們這次絕食運動後繼續存在一百年甚或更久，除非某位被關的政治犯有類同南非前總統曼德拉的政治契機，否則甘文丁在羅賓島摘下歷史面紗成了旅遊景點後，將繼續展露她蒙那吏紗的微笑。蒙宇哲沒有曼德拉的耐心，二十七年？他和陳如藝都垂垂老矣，何當共剪床邊燭，卻話巫山雲雨時。所以他決定逃了，這一決定使他成為內安法令立法四十年來，第一個也是唯一一個脫逃的人。

絕食運動展開後陳如藝在她最後一次探監時為蒙宇哲帶來了榴槤，她按照當局規定把榴槤剝開，只是暗中把一整罐排毒美顏寶磨成粉末小心翼翼摻進榴槤肉裡。在此之前她花了半天時間走了一遍逃亡路線，也仔細確定了汽車黑油淹至安全水平之上。內政部官員感謝她在絕食行動僵持不下的當兒捎來這誘人食物，平常他會用他的肥指往榴槤表肉戳戳，這次他迫不及待就把榴槤拿了進去，在遞給蒙宇哲之前還特地繞了牢房一圈，榴槤異味馬上在絕食者之間引起騷動，也不知誰開始喊了一句：貓屎！結果應和之聲此落彼起，貓屎隨著它香（臭）味所到之處滲透了整座牢房，嚇得獄卒養的那幾頭貓暫停了夜而復始的嬰兒般叫春呻吟。被扣者相信貓和榴槤都是政治部情報員擊潰他們意志誘使他們妥協的伎倆，還未絕食之前他們曾偷偷用吃剩的魚把貓哄騙進牢房再用獲分派的橡膠拖鞋壓住貓的口鼻使牠們窒息而死，趁著出外倒便桶時悄悄把貓屍拋入垃圾槽，但貓繁殖能力委實驚人，而且在這時間失去意義的扣留營裡彷彿一夜就發育成熟，沮喪的被扣者只好用那硬撅撅的枕頭壓緊耳朵抵抗愛慾之潮再次來襲。

蒙宇哲毫不含糊地把榴槤一個個都舔得乾淨，他還忍辱負重地把榴槤種子來回往肛門裡塞，直到他感覺像是回到小學籃球場上被阿布無意推倒時那種皮膚擦破的刺痛。這靈感其實來自被罷黜的前副首相，他先是被援引內安法令扣留後又被控以肛交罪名，還未實踐他譯名的深意（蒙宇哲一直認為這譯名是神來之筆）就繫身獄中。絕食剛開始獄卒們便把絕食者單獨監禁，這種可追溯到英殖民時期的分而治之策略一直沿用至今屢試不爽，雖然行動之初革命同志們信誓旦旦幾近歃血為盟，但在孤單牢房裡誰也不曉得誰做了什麼或沒做什麼。獄卒們準時把明顯比往常豐富的飯菜送到，幾天以來例必外加一條香（臭）噴噴鹹魚藉以讓絕食者無用武之地的胃酸蠕動翻攪。收碗時獄卒們捧著一個個空碗大聲宣稱什麼號牢房吃了什麼號牢房也吃了，這幼稚的心理戰術剛開始確實讓蒙宇哲對同伴們的忠貞不移有了懷疑，但隨著空碗越來越多獄卒們仍舊寒著臉，蒙宇哲終於相信只有自己那個空碗是貨真價實的，他的可敬的同伴們最多往碗裡抓出幾粒飯引來一列螞蟻說說話，好排遣那難以排遣的寂寞和無望。倒是非真心絕食的蒙宇哲胃口特好，他這種合作的行為讓獄卒們大為滿意，所以當蒙宇哲暗中用手指勾喉吐出一大堆穢物，排毒美顏寶又發揮功效令他大瀉不止時，獄卒們對他表現了真正的關懷，他們懷疑也許是那條香（臭）噴噴的鹹魚惹的禍，而當他們發現蒙宇哲大便出血時，為了這個唯一肯吃飯的絕食者，他們趕緊召來了一部救護車。

蒙宇哲在凌晨時分抵達醫院，檢查後吃過藥他便一直開著電視機。脫逃計畫如果有什麼錯漏的細節，便是他忘了確認穆斯林早禱時間，好在他是獲特別關照的政治犯，病房裡竟然有電視。蒙宇哲第一次不再對突然插進節目的伊斯蘭強勢廣告反感，當經文從電視上一句句拖曳而出時蒙宇哲誠心禱告，希望門外那位獄卒會是虔誠穆斯林。他從病房出來後突然很想知道獄卒是去祈禱還是睡覺，但他不敢冒險，因為祈禱室離電梯不遠所以他決定走樓梯，此時他想起陳如藝已在底層停車場久候多時，他原想放輕的腳步不由得快了起來。腳步聲在樓梯間回響，每一聲都像是背後層層疊疊的追兵吶喊，但令人吃驚的事原來不在後頭，就在他來到二樓和一樓轉角間，一旋身他就和同樣錯愕的首相阿布打了個照面。

阿布會出現在醫院實在是令人感動的事。當初內政部長向他攤開打算援引內安法令扣留的名單時，他一眼瞥見蒙宇哲這名字便開始咳嗽。這宿疾打從他童年起便糾纏不休，那時蒙宇哲遞給他一枚硬幣，要和他比快用舌頭把硬幣從反面翻到正面，他想他的舌頭比蒙宇哲長怎麼會輸呢，但遊戲開始後他看蒙宇哲一臉篤定的樣子，一個情急下竟把硬幣吞了，結果還是蒙宇哲他媽趕緊到巴刹❶買回一大紮韭菜，讓他吃了一整天才把硬幣排出來。那時可沒排毒美顏寶。從這事中阿布學懂一個道理，那就是非自己的錢財不要拿。他從激烈黨爭中上任後一直想肅貪，但他發現叫警察不吃錢比叫他們去和搶匪拚命還難；前些時候他想辭退那位建了條裂縫大道的印裔部長，但老驥伏櫪的前首相竟寫信來保，可見其中關係盤錯。他問內政部長扣留蒙宇哲的理由，部長拿了首詩給他看：如果革命要流血

／請把子彈交給人民……，他只看了前面兩句便知道沒有回拒餘地，煽動人民情緒、危及國家安全這大帽子扣下來，他也不敢隨手摘下。但他對蒙宇哲始終抱有一份愧疚，內政部長深夜來電報告甘文丁扣留營絕食運動越演越熾，當他聽說蒙宇哲入院後他便打算去探望他。但明天就是大選提名日，雖然他擁有華人血統，自小生長在華人村落並就讀華小一事經華文報章渲染後已是人盡皆知，也即將為他贏得不少華裔選票，但他在這樣的非常時刻去探望一位政治犯畢竟有點不妥，於是他想像老師說過的皇帝微服出巡，自己驅車在天亮之前趕來了。

因為身體已有衰弱和老化跡象，近來他強迫自己爬樓梯。他沒想到會在樓梯間和蒙宇哲碰面，喉頭一緊就咳個不停；也許是作賊心虛也許是靈光一閃，蒙宇哲比他更快反應過來，亮出一把想來是從病房裡順手牽羊的水果刀。他想起以前在蒙宇哲家看過的香港武俠劇裡頭那種神奇的空手入白刃武功，但就算學會了他也不敢拿自己和國家的命運當賭注。他乖乖隨蒙宇哲上了車，第一次親眼見到陳如藝這位朝野矚目的議員小說家——她當州議員的布城一直是執政黨強攻不下的反對黨傳統堡壘。他朝訝然的陳如藝遞了個無奈苦笑，在這樣的情況下見面讓他感慨命運的撥弄。他想起上一屆大選蒙宇哲和她如何意氣風發地站在被裝飾得像一本書的選舉車上，那雖然是電視上一閃而過的畫面，卻讓他為蒙宇哲找到了志趣相投的妻子而感到高興，但當他想起家中賢淑而無所事事的妻子，他暗中又有點妒忌。他其實曾偷偷託人買來蒙宇哲詩集和陳如藝的小說，他小學程度的華文雖然無能梳理陳如藝龐雜的小說脈絡，但他從一些淺顯章節裡已為陳如藝拼湊出一幅前衛而勇敢的圖像；相對而言他比較能懂蒙宇哲的詩，尤其是革命詩，他覺得那是因為他和蒙宇哲身處同一個成長和較勁的環境。他為能夠和蒙宇哲處在相對的陣線而感到興奮，同時他又常常盼望蒙宇哲能認同他的政治理念，奢想蒙宇哲最終能像他那聽話的華基政黨領袖，那他就能提早把他從扣留營裡釋放出來，一起回到老家大溝渠釣魚。他甚至想過撮合女兒和蒙宇哲的兒子，對他這開明的穆斯林來說異族通婚值得鼓勵，當然前提是蒙宇哲的兒子必須信奉真主阿拉。

他不了解為何華裔如此懼怕伊斯蘭教，一如他不了解為何馬來人總是安於現狀不肯積極上進。他遲遲不敢修正馬來人的枴杖政策，因為他深信少了這根枴杖馬來人會像扶不起來的阿斗。身為一位和華族有著深厚淵源的馬來首相，他其實樂於成為華社和馬來族群間的橋樑，但當他在國會看到他的議員手按古蘭經大喊把華人趕回中國時居然還引來不弱掌聲，他害怕自己急於行事會加劇國家分裂及民族仇視。當極端民族主義成為政治資本一再被撥弄，他只能佯裝鎮定其實如坐針氈的在他那最高的椅子上抬起雙手，以打太極四兩撥千斤的手法把問題暫且掃到一旁。

他在車後座看著蒙宇哲黑中摻白的疏落頭髮，再垂首看看自己日漸乾癟生斑的手臂，忍不住又咳嗽兩聲。當他再次抬頭乍見蒙宇哲正透過後視鏡看他時，那複雜但顯然充滿敵意的眼神讓他過早的為他們的際遇做了結論：這都是命，不同的命。

陳如藝和蒙宇哲計畫好讓蒙宇哲從霹靂邊界過境泰國，再從泰國飛往美國尋求政治庇護。為了締造不涉及此案的證據，她託人在翌日中午到甘文丁肯德基家鄉雞❷用餐，回程時為她留下大道收費單據。事情安排妥當後她在停車場等蒙宇哲，偌大停車場疏疏落落幾輛汽車和她，一個人，讓她有一種遺落在世界背面的感覺。電子錶閃爍著數字中間的兩個點，在歲月曾經靜好的那一些日子她和蒙宇哲兩個人幾乎就構成了一個世界，只是如畫家居還不能讓他們忽略一種不安的氣氛正從各個罅隙侵入——冷氣槽下水溝門縫窗簾翻掀的百葉窗，播著和樂家庭溫馨劇的電視揚聲器。

為了打發時間她搜尋青色的出口標誌，兜兜轉轉，在一個彎角後就隱匿身影，或者就此中斷。她其實不確定蒙宇哲能不能來，但她知道她只能等待。看到蒙宇哲和首相阿布一起出現，她握住方向盤的手不自覺地垂下。北轅南轍，在往膠林的路上她很有些擔憂，生命似乎已不能轉彎，但她什麼也沒說，只是專注看著天漸漸亮起來。

到了膠林後蒙宇哲把阿布反鎖在車裡，拉著陳如藝進了木寮。被關進扣留營一年又八個月，他不止一次被脫個精光進行拷問，他那話兒曾在不必要的地方在眾目睽睽之下被逼撒尿，而此刻政治部官員們各執一本淫猥書刊企圖把他的尿逼回膀胱。他的反抗方法是默默醞釀尿液，把所有搔首弄姿的美女想成內政部長然後就地轉圈把尿射在官員們黑亮皮鞋上。但當他想起他和陳如藝在蜜月旅行時展閱一本本大師文學著作，試著模仿裡頭的性愛招數時他那話兒終於在不必要的時候挺起，挨了官員老實不客氣的一指彈功。他慶幸他歷經磨練的命根虛晃許久之後還能在陳如藝面前勃起，他知道陳如藝回到家裡將發現特種部隊已經重重圍堵，在相見不知何日的悲情和激情交加之下，他彷彿重拾蜜月時期淋漓痛快的青春，一發不可收拾。唯一有點阻滯的是陳如藝不放心阿布，結果蒙宇哲拿了剛解下的乳罩回到車裡把阿布雙手綁牢。

剛開始蒙宇哲只存心讓阿布不能如期提名，但當他從電台得悉獨立公正的選舉委員會竟然開先例讓不能親身到會的阿布合法競選時，他不得已改變鬥爭方式，逼阿布寫下願意廢除內安法令並無條件釋放所有被扣者的信，還叫他打了指模，囑陳如藝趕往提名後把信投入某大報郵箱。蒙宇哲甚至擬好了一句他認為情理兼備的威嚇語：要清廉首相還是骯髒法令?!要求政府在投票日翌日通過全國電台廣播廢除內安法令，否則撕票。

在百無聊賴的綁匪生活中蒙宇哲想了好幾個撕票方法，首先他想到用乳罩罩住阿布口鼻讓他窒息而死；忽然他又記起他和阿布同時入選小學籃球校隊，一次練習時阿布用屁股防守他帶球挺進，結果他就像栽進使不著力的棉山，輕易反彈倒地受傷。蒙宇哲想不如就一屁股坐上阿布的臉，不窒死也讓他臭死。後來他想到個更絕的：所有食物都是豬肉製品，活活餓死阿布這個穆斯林。

他沒想到現在是榴槤季節。散落的幾棵榴槤樹是他阿公和阿爸種的，每一棵都有名字。這膠林算是他祖產，可惜早年地契申請不完整，膠林前的一塊地竟被土著占去。土著在膠林外設了道鐵門，阿媽每次來割膠都要向他討鑰匙開門，幾年前索性就把膠林賣了。蒙宇哲倒是樂意讓阿布吃榴槤，榴槤是華巫族共同的味覺記憶——華人豬仔為了它下南洋後流連不回，馬來人為它鬆脫了紗籠——各有各的傳說故事。他希望能藉此讓阿布認同他平等的民族政策思想，雖然他們現在處於不平等的兩方：綁匪和人質，首相和政治犯。

關於阿公從廣東惠州被賣豬仔到南洋，從洗琉瑯❸到墾植膠林落地生根開枝散葉的辛酸史，蒙宇哲曾寫了一首煽情敘事詩來表揚。開頭是這樣的：膠杯盛滿豐盈淚水／膠刀在他額上推劃皺褶……。針對阿布愚蠢的祖國情意結❹置疑，他用了一個自認為恰當的例子來形容：當年湯姆斯盃羽球大決賽中國對上馬來西亞，把他家劃分成兩個敵對陣營——阿公在電視旁大唱毛澤東那偉大的舵手，他以拉撒沙央❺抗衡，阿爸則忙於兩邊打氣。若要說得再明白一些，馬來人會到麥加朝聖，但不會為阿拉伯打仗。

每次用餐後阿布都會像履行一種神聖宗教儀式般用榴槤殼盛水喝，有時他會俯首啜吸有聲，有時他會把榴槤殼高舉過頭讓礦泉水順著殼的尾端尖處流入他的口。但這種無稽古老偏方碰上堅持只肯吃榴槤的阿布顯然失卻功效，蒙宇哲證實阿布發著高燒時阿布有點負氣地把手上榴槤殼丟進了悶火堆。

在出發尋找山竹的路上阿布好幾次嘟囔再走不下去了，他那有點哀怨的眼神讓蒙宇哲想起他誤吞硬幣那天在他家坐了整天便盆。每當阿布的屁股和便盆分離蒙宇哲便皺著眉頭用樹枝翻攪，充滿期待的希望看到最高元首冬菇的臉在稀便中浮現。

最後他們沒找到山竹卻找到了地膽頭，這種性寒味苦辛的菊科草藥能涼血清熱，阿布吃了後整晚都在淌汗，半夢半醒間他看見蒙宇哲載著他來到一間小木屋，一頭困在竹籮裡還哼哼哧哧噴著鼻息的豬被抬進屋內。發霉的血腥和豬騷味令他想退縮，但在蒙宇哲面前不甘示弱的他還是踏進了這個他甚或他整個家族都忌諱的地方。

他看見有人用麻繩拴住豬的口鼻再繞到木柱上綁緊，一個圈兩個圈，他看見木柱上的凹痕，豬一直想後退但牠已經無路可退了，一把他在巴剎看過的三角豬肉刀戳進牠的喉嚨，血迸進地上塑膠盆，的的噗噗，他聽見他的心起了韻律的應和。在豬慘嚎聲中他開始懷疑老師說人和動物的區別在於動物不會思想，他想起音樂課教的小豬小豬胖嘟嘟吃飽就睡呼嚕嚕，他記得悠揚鋼琴聲頓了一下老師抬頭望了他一眼——他覺得他受到鼓勵雖然後來知道那顯然是誤解——他幾乎撕心裂肺地唱著叫牠起來牠瞇起眼張口就是不不不，不的尾音在屠房拉得很長很長，讓他先是有了他學過的不寒而慄然後又起了他後來才知道的雞皮疙瘩。

他看見旁邊鐵桶盛滿滾燙熱水一個水波彈上來不見一個水波又彈上來，熱水嘩啦潑在豬身上混著血流到他腳邊，他像水波彈起又落下，後面已經是牆。在那之後很長一段時間當理髮師傅嗦嗦在牛皮上磨剃刀他耳骨肉就會痙攣，就像當初他聽到豬被重重摔上那張暗褐色三夾板桌，開膛剖肚挖內臟，一刀切掉豬鞭扔到一旁。他看見屠刀霍霍起落突然額頭一熱一滴豬血濺上來，他怪叫一聲逃到房外旋即又被蒙宇哲拉回，正好看見一個拳頭搗進豬屁眼，抓出一把屎就甩在豬鞭上。

回到草場時開始下雨，為了真正洗去額上那血的印記他建議蒙宇哲踢水球。蒙宇哲把要來的吹脹的豬膀胱放在十二碼的地方，他總是守不住龍門因為他不敢伸手，而當他終於不顧一切勇敢接住那粒豬膀胱足球，他竟然是笑著醒來。

這個疑幻疑真的夢境讓阿布有所開悟，他決定不再拿自己和國家的命運開玩笑。他旋開鑵頭用手指往那睽違經年的肥豬肉戳了戳，突然一陣嘔吐的感覺湧上，他強自收斂心神說了一句：如果阿拉允准。冷不防蒙宇哲擋了句：如果阿拉不呢？他趕緊把豬肉塞進嘴巴，以滿嘴豬肉宣示他已無法言語。

首相阿布脫綁的事蹟後來一直為人津津樂道，當他頭綁繃帶出現在電視，以沙啞聲音豎起泛著榴槤香的大拇指向人們解說和致謝時，蒙宇哲知道他的政治鬥爭已經結束。而當滿臉橫肉的警長向他出示據說在木寮搜出的榴槤，並從中掀出一小包一小包白色粉末時，腦袋頓時一片空白的蒙宇哲還是很快就意識到他的人生也即將結束。

那是一個下著雨的詭異夜晚，蒙宇哲正充滿熱情地為阿布區別國家意識與民族情結，他從盤古開天闢地一直說到孫中山辛亥革命，若不是此起彼落榴槤墜地聲時而令人分心，他還想補述顯赫的鄭和下西洋。阿布對童年的蒙宇哲充滿好奇，甚或豔羨和崇拜。他總是願意並且饒有趣味地傾聽蒙宇哲口中種種新奇事物，但他發現他對現在的蒙宇哲興致缺缺。從蒙宇哲冗長且不著邊際，令人呵欠連連的熱情演說裡，阿布察覺他的革命思想摻雜了太多詩人浪漫想像。唯一讓阿布高興的是蒙宇哲講得興起時為他解開了那經已扭曲脫線的髒乳罩。在蒙宇哲演說暫告一段落一時無以為續時，阿布趕緊抓了個豬肉乾空紙盒說要去撿榴槤。

蒙宇哲尾隨阿布走出木寮，猛然聽得阿布慘叫一聲倒了下去，他慌忙趨前察看，只見神奇般被榴槤擊中的阿布血流滿臉，他下意識抬望那棵惹禍的榴槤樹，就在這時警匪電影的誇張情節活生生上演，數不清的黑衣蒙面特種天兵繫著鋼索從樹而降，蒙宇哲還不曾有逃的念頭就被一支槍柄擊昏過去。

首相阿布對白粉栽贓案無能為力，他只能在暗地裡為蒙宇哲不幸的命運作聊勝於無的禱告，或告解。在譴責惡行的聲浪中執政黨狂風掃落葉，只讓陳如藝藉著同情票保住在野黨唯一州席。如果他的勝利必須以蒙宇哲的犧牲作為代價，他願意接受命運這樣的安排。在整個綁架過程中他隻字不提陳如藝，算是對蒙宇哲的友情最後的回饋。還有一點，他一直懷疑是那豬肉乾空盒救了他一命，挾著勝選餘威他成功壓下黨內反對聲音，答應了蒙宇哲最後的要求：臨刑前的豬肉大餐。

當一頭豬在清晨時分被抬入監獄廚房，華裔囚犯們的歡呼足以和某政黨支持者勝選後的激情吶喊相比擬。他們排成兩列像迎賓又像觀看葬禮的隊伍，夾道歡迎歷史上第一頭恐怕也是最後一頭進入監獄的豬，爭先恐後地加入自進監獄以來第一次可以和豬親密接觸的烹飪行列。因為這頭豬他們將永遠記得蒙宇哲，因為蒙宇哲他們也將永遠記得這頭豬。他們鼓譟的把全新一套牛頭牌炊具敲得叮噹作響，在一片嘉年華氛圍中蒙宇哲像剛中選的議員排眾而出，雙眼圓睜望著這頭死不瞑目的豬。比較靠近的囚犯彷彿看見他眼眶泛淚，但還來不及確認蒙宇哲已一手拍在豬頭上，喊了句將在這座牢房縈繞不去的話：好一頭豬！

臨時僱來的華人廚師夥同囚犯助手們從早忙到最後的晚餐時間，總算把蒙宇哲交代的菜式全都做了出來——咕咾肉東坡肉豬腳醋紅燒豬手梅菜豬肉芋頭扣肉排骨豬肚熬西洋菜湯，末了還用豬腸為蒙宇哲做了兩條烤豬肉香腸。蒙宇哲吃下第一口豬肉時就原諒了阿布，他記起他們小時候爭奪的那只超人紙鳶，只能每人爭得一具超人殘骸，他輸了阿布也沒贏。而今他只想問阿布是否還記得香港武打劇裡那句俗話，人在江湖；或者更深一點的：相濡以沫，不如相忘於江湖。

豬肉大餐快要散場時，像古時民眾聚看劊子手砍頭，囚犯們希望蒙宇哲能留句話。蒙宇哲吞下最後一截豬香腸，沉吟著念出了他最後一首詩。這首被譽為和百年前譚嗣同的去留兩崑崙一脈相承的詩只被記載了兩句：豬是被養來宰殺的，信仰也是／豬跑了信仰跟著跑，豬死了信仰得永生。在內安法令的陰影下，無人敢書寫後續句子，然而這首詩當然又會是另一則口述歷史。

這裡說說題外話，烹煮豬肉大餐的廚師長得很像胡志明。蒙宇哲不知道以他這種面相為什麼不被命運安排去革命，而是來當廚師。據他了解，共產主義思想架構的奠基石就在於平等，他給陳如藝留的遺言是他從越戰時期一塊齊波牌打火機上抄來的：

我死去時將我面部朝下埋葬，
任憑整個世界親吻我的屁股。

❶巴剎：馬來語pasar，意指市場。
❷肯德基家鄉雞：KFC（Kentucky Fried Chicken），馬來西亞著名炸雞快餐店。
❸洗琉瑯：馬來西亞早年採錫的一種簡易方法，琉瑯是淘洗所用的木盆。
❹祖國情意結：馬來西亞華人多從中國南遷，一九五七年獨立後才取得公民權。某些政客會操作此種族課題：華人的祖國是中國還是馬來西亞？
❺拉撒沙央：Rasa Sayang音譯。馬來傳統民謠，常於節慶表演時播唱。

尋找大腳

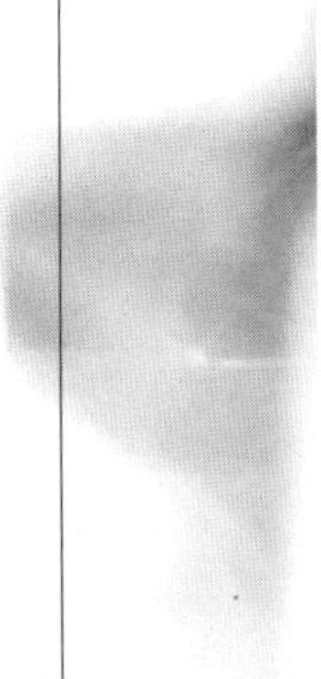

熱帶雨林。沼澤地。山蛭馬陸、昂首吐信的眼鏡蛇、食蟻獸馬來貘，還有許多看過即忘的草藥樹種。蒙宇哲想到這些便要頭暈。出發前他向他的議員妻子陳如藝抱怨：怎麼這些小說家倒更像動植物學家？妻子的回答為他這趟或許將震驚朝野的冒險之行，獻上了無限期待和祝福：你看到的只是表面，裡頭藏著更大的事物。

身為一位經歷了六年消磨心志的監獄生活，前幾年才因最高元首華誕而獲特赦的異議分子，他已好久沒湧現這樣的激情了。起因是一張照片——老實說拍得不太好，有點過度曝光，但還是可以看出那是兩隻腳。一隻明顯是人的腳，精確的說，是略顯肥大的腳。為了達到對比效果，腳沒穿鞋，就這麼站在地上。地上長著疏落的草，也許植物學家會更準確地說，那是熱帶雨林因某種原因茂盛不起來的地皮。而照片主角顯然是另一隻腳——雖然因過於濃密粗長的毛髮而不好辨認，五隻腳趾倒無遮攔暴露出來。重點是——至少乍看之下——這隻腳比旁邊那隻人腳要大上三倍！其時柔佛州興樓雲冰（Endau-Rompin）國家公園發現野人大腳（印）的事已不脛而走，報章甚至還登出某位土人據說親眼目睹後畫下的野人素描。也許因為有岩壁塗鴉經驗，素描畫得似模似樣，野人站在一棵大樹旁，手抓樹幹，頭頂著枝葉，全身毛髮疏落有致。一位到現場採訪的英文報攝記拍下了沼澤地上那只大腳印，出於視覺效果考量，還在一旁放了一枚五角錢硬幣。不過這些都不如陳如藝收到的照片來得有說服力。陳如藝一直都追蹤這則新聞，她覺得這是小說絕好的題材。只是照片會落到她手上，顯然不是因為她是一位小說家，而是因為她是議員。她很快便看出照片要透露的真正訊息，這也是蒙宇哲匆匆南下的原因：那大得異常的腳趾和少數沒被陰影覆蓋的肌膚不黑不褐，卻是黃色的。

如今拍照的人就站在他眼前，柔佛野人動物保護協會主席王國寶，森林研究公務員。蒙宇哲首先打量他的腳，但他很快的往上停在他的肚腩，那麼大一個，像鯨魚的頭。他的國產英雄車安全帶險險要扣不上，他好奇問道：你說你在森林待了二十年？王國寶望著蒙宇哲：如果你在森林遇見老虎，你該怎麼做？他一臉認真：你要把手舉起來，不是投降，是讓老虎感受你的巨大。當然，如果你沒有我這副身形，只怕老虎還是會撲上來。他頓了頓：這是我從野人身上悟出的真理。

他們到王國寶家換車。那是離國家公園十公里的花園住宅，雙層角頭間排屋，屋旁種滿花草果樹。這裡可不是熱帶雨林，最高的不過是一棵紅毛丹。一婦人在樹下掃葉，看見他們忙跑進屋裡。蒙宇哲有點驚訝，望了望大門上經文橫匾，又望望王國寶，看見他尷尬地笑笑。婦人再出來時已多了塊頭巾，也許過於匆忙，兩綹頭髮從耳邊露了出來。王國寶忙介紹說這是他妻子，進了屋又指著正在電視前打電玩的少年：我兒子（說的是馬來話）。少年轉過身朝蒙宇哲點點頭，蒙宇哲看著那張臉，又看看王國寶，只好暗中慨嘆：唉隱性基因。

剛下過瓢潑大雨，他們駕著四輪驅動車轉上坑洞顛簸、水窪處處的黃泥路，看見一輛日本富士電視台採訪車陷在泥濘裡，幾次發力都只濺得泥水四溢。

王國寶停下車，用綁在四輪驅動車後的粗繩把車子拉了上來。重新上路前，只聽那位日本記者朝他們喊了聲：Big Foot！

國家公園外人頭攢動，除了本地各語言媒體，還有不少外國人。王國寶為蒙宇哲一一引介：新加坡超自然研究會（SPI）、路透社、英國倫敦廣播電台、野人研究協會（BFRO）、美國德克薩斯州和洛杉磯的非政府組織、電視網路NBC Universal、國家地理雜誌……，最後他熟絡的拉著一位高大老人：來自挪威的野人專家韋格蘭教授，曾在我國待了二十年追尋野人蹤跡，直到一九九八年才回挪威。可惜在那之前野人還躲得好好的。蒙宇哲深深地看著老人，白過了二十年？頭髮都禿了。教授朝他笑笑，眼睛閃著光：我就知道有這一天，所以一直不肯「就木」。咦？王國寶興奮地拍拍蒙宇哲的肩：華語！我教他的！轉過頭又說：照片我也寄了給他，當天他就飛來了。

不遠處爭執聲越來越響，三人走了過去，看見一群外國人圍著一位馬來官員。王國寶搖搖頭：喏，我的上司。官員此時正站在一塊樹桐上（他太矮了），激動而堅定地晃擺雙手：No foreigner！不理眾聲喧譁，吩咐本地傳媒排成一列，讓另一位官員即場拍人頭照。王國寶過去打了招呼，叫蒙宇哲也去排隊：繳五令吉❶，明天拿了通行證便可入山。他然後歉然的對挪威教授笑笑：他怕你們這些外國人把我們說成住在樹上的蠻夷之邦。看到教授失落的神情，又安撫道：沒關係，我們會拔一根野人頭髮給你。

吃過午餐（教授最懷念的椰漿飯），王國寶載他們來到本仄甘榜❷一亞答屋❸，據他說，他要為自己的發現尋找人證。屋主是位土生土長的馬來中年，靠採山藥為生。他為蒙宇哲三人端上以東革阿里❹炮製的拉茶，王國寶說：我們阿米爾採的可是最強壯的東革阿里，不像市場上兜賣的絕大部分都是陽萎的枝梢末根，吃了更累事。阿米爾得意了，黑褐臉龐綻開黃裂牙齒：那天我便是上山採東革阿里，這玩意啊最近可越來越難找，我越走越遠，也不知走了多久，才看到前面矮樹裡長了好大一棵東革阿里。我幾乎要發狂了，那是我看過的最大一棵。我趕緊跑了過去拿出巴冷刀，就在這時我聽見身後有轟隆聲音，我嚇得連忙轉身，啊真的發狂了，大腳就站在眼前，一棵雙手也不能合抱的大樹下。那是我看到過最大的人。我抬頭望他，他那毛茸茸山一樣的肩膀正上下抽動，我看仔細了，原來他是背癢，正靠著樹幹磨背呢！他好像也很好奇的望著我，我們就這樣互相望了很久，十五分鐘吧，然後他才走了。阿米爾心有餘悸地呷了口拉茶。王國寶問：他有多高？阿米爾想著，把手高舉過頭：兩層樓！王國寶淡淡道：那他不過是大腳的小孩，我看見那個，四層樓高。

幾天前王國寶終於聯絡上那批非法伐木者，千禧年他們到國家公園伐木時（王國寶有點閃爍其詞，他應該是收受賄賂者）意外發現野人，驚恐之下把他射殺了，就地草草掩埋後從此不敢回來。王國寶威脅他們帶他到藏屍地點，兜兜轉轉，憑著伐木者專業的認路方式，真的找著了。就在那時他們又遇上了野人。王國寶說：不止一個，他們顯然是一家人，有男有女，那女的兩個乳房大得像兩個被敲穿了的大鐵鍋！不過他們都很友善，對我的數位相機很好奇，可惜我還是嚇壞了，不敢拍他們的臉。

當晚三人便借宿阿米爾家，想到自己正處於兩億年前已茂盛抽長的熱帶雨林邊緣，而某種或許和他有悠遠淵源的生物靜靜穿過時空篩子，正在處女之境濁重地呼吸和採集野果，蒙宇哲激盪的心就如此際夜風穿過木屋簡陋板罅，久久不能平息。挪威教授同樣輾轉反側，他嘆了一口氣，說：我畢生研究野人，只悟出一個道理，那就是人必須「謙虛」（他又用了華語），沒有人是世界的主人。王國寶插話：除了真主阿拉。他曾是教授二十年來的研究助手，看來雙方都從對方身上學得不少。他宣示：我們已進入了神學的範疇。

第二天他們一早趕到，事情卻起了變化，蒙宇哲不被允准進入國家公園。他望著那位跋扈的森林局主管：請給我一個解釋。主管冷冷回望他：資料顯示，你曾待過監牢，被釋放出來還不足五年。也就是說，你的政治權益被剝奪期限還沒滿。蒙宇哲幾乎傻了眼：我知道我五年內不能參選，可不是五年內都當不成國民！主管開始打官腔：國家公園是國家重要資產，這是當局的決定。言下之意是他也沒有辦法。他望望下屬：王，你勸勸他。王國寶果然就把他拉到一旁，他說：以我多年公務員的心得我可以告訴你，爭辯是沒有用的。蒙宇哲瞪眼：那我們怎麼辦？王國寶躊躇著：也不是沒有辦法……。主管轉而向拿到入門證的本地傳媒宣告：基於安全理由，入山者將不能帶超聲波探測器材，或任何現代化的探勘器。但每家媒體被允許帶一架攝影機，導遊身上也會配備一套R190型國際衛星通訊電話，此電話由Garuda衛星轉線，如此便可正確地知道入山者所在地點。他得意地說：所以大家無須害怕，你們絕對不會迷路。此時不得其門而入的外國媒體已經商量好，要到州行政大廈抗議。美國網路電視Sci-Fi團隊根據已公佈的野人腳印製成了石膏模型，大刺刺綁在採訪車頂上，浩浩蕩蕩出發了。馬來主管嘲笑似的向車隊揮手告別，然後又走過來，指著蒙宇哲和韋格蘭教授，神情有點詫異：有人要召見你們。誰？主管說了長長的頭銜名字，蒙宇哲和教授都在抓頭，只聽王國寶驚呼：柔佛王儲！他終於知道為什麼那輛黑黝黝的豪華房車會停在那兒。他說：你們快去，可以的話十二點前趕回來。

州皇宮離國家公園很近，蒙宇哲猜想這只是夏宮，從前蘇丹興起要狩獵才會搬進來小住。官邸外站著兩隻大理石老虎，不怒而威。咦，門神？蒙宇哲舉高手摸了摸虎頭：別想嚇唬我。王儲也不是有著奇特長相的人，不過留了兩撇整齊的髭鬚，也許習慣使然，眼神很有點威嚴。他招呼二人坐下，朝蒙宇哲便說：你要知道，當初你獲最高元首特赦，我的兄長，也就是柔佛蘇丹，也曾為你說項。他望著蒙宇哲，很有點震懾的意思：你要好好珍惜你的自由之身。說罷從厚厚文件夾取出一疊剪報，遞到二人面前：我的祖父，也就是已故蘇丹依斯邁，生前有飼養動物的嗜好。他老人家很疼愛動物，曾一度飼養了數十頭猿猴，後來一部分被放到柔佛州森林，有幾隻也送了給澳洲柏斯動物園，這事件一九七〇和一九七三年都有報導。說著攤開眼前剪報，指著其中幾則。蒙宇哲努力壓抑自己的怒意：你……咳，陛下是說現今發現的野人是當年陛下祖父的家畜？王儲看也不看他，繼續翻開另一頁剪報，裡頭並列著柏斯動物園提供的猿猴腳印，以及在本地發現的泥濘大腳印，對韋格蘭教授說：你知道，當我們在泥濘行走時，要提起腳後跟會有些困難，腳後跟有被泥濘吸住的感覺。在這情況下腳掌痕跡便會擴大，而實際上腳印應該沒有那麼大。教授不認同：那也不至於相差很多吧？王儲定睛望著教授，那是難堪的沉默。他接道：圖中猿猴腳板也很大，腳跟部位小，長有長毛，可以站立行走。他挪後身體靠著椅背：至今還沒有任何人發現野人毛髮或糞便。我並不是說野人事件是一派胡言，但我更相信科學證據。最後他用他那標準英式英語腔調對教授說：我們非常感謝你多年來的協助，但我不相信這件事情會有任何進展。

司機（近身侍衛？）送他們回到國家公園便匆匆折回，王國寶已著急地等著，指指手錶說：快，他們要回來了。蒙宇哲這才發現門前那兩位守衛已不在，據王國寶說是禱告去了。蒙宇哲不解：他們就這麼虔誠？王國寶掩不住得意之色：我給了他們一根碩大無朋的東革阿里，他們要去答謝阿拉。這是神的旨意，他們要伏地膜拜的麥加箭頭正好背向國家公園，他們只能用屁股看我們。

在漫長行程中（王國寶說大概要走一個小時），蒙宇哲問王國寶為什麼要把照片寄給陳如藝？王國寶的回答再次激盪了蒙宇哲的民族情懷：因為她是土著枴杖政策的強烈批評者。我成了穆斯林後，以妻子之名買了間九折的樓房，又以倒閉了三次的嘛嘛檔❺土著企業家獎掖貸款，偷偷還清了三十年房貸。他轉過頭望著蒙宇哲激憤的臉：你不知道我有多羞愧。我的一大遺憾是，我這身肥肉都是婚後長的，它沒有一寸是由豬肉滋養。蒙宇哲心中早已無數次排練著這樣的設問：如果野人竟和華人同種！如果野人先於任何民族在這片國土上棲居，那華人便是毫無爭議的原住民！這將是華人辛酸遷徙史中最振奮人心的發現。

王國寶用巴冷刀開路，盡往荊棘喬木瘋長的地方走。他說：這是一條曲折的路。森林局導遊帶著那批本地媒體只能找著豬籠草。他們亦步亦趨踏過一片沼澤地，來到一處因伐木者斫伐而顯得空曠之地。王國寶停住了，說：這便是當年埋屍的地方。他用手比劃著：可以想像，那是多大一樁工程。只是後來野人把屍骨移走了。他採了一片長形葉子，壓在嘴唇間吹響了。他解釋，這是他從原住民身上學來的，現在則成了野人的呼喚。他對蒙宇哲和韋格蘭教授說：待會你們無須害怕，野人都很友善，我給他們帶過大量乾糧和日用品。他們等著，只一會兒樹葉婆娑之聲此起彼落，彷彿山雨欲來，然後陰影籠罩，等他們回過神來，便看到了野人。

不是一個，而是有高有矮（或者說非常高和很高）的好幾座山聚了過來。教授囁嚅著：想像一下……我們被十個金剛包圍……蒙宇哲定定地仰望最矮那位野人的臉，天吶，他一陣暈眩：真的是黃色的。他抬望參天大樹，透過茂密枝葉的陽光只打折的投下陰翳影子。他問王國寶：野人會說話？王國寶答：他們有自己的語言，我們聽不懂。蒙宇哲想：莫非是遠古時代的方言？他高舉著雙手（這次倒是有投降的意思了）來到一位野人跟前，看那野人並不迴避，於是勇敢伸手摸上野人腳尾趾的趾甲。烏龜殼上的刻紋！他閉上眼，感覺一撇一捺的種族印記在手指神經線上溜滑。良久他才雙眼潤濕對教授說：他是漢人。

王國寶催促：我們得趕緊離開。教授這才省起此行最重要的目的：他要從野人身上拔一根毛髮。王國寶指手劃腳地跟野人交涉，野人像是不願意，王國寶揚著他手上巴冷刀，順手把身邊一棵喬木砍倒，又往野人腳趾來回揮動。這真有點滑稽：巴冷刀可讓你們削腳趾甲！野人竟然答應了，還真務實。於是教授戰戰兢兢走向野人，他只搆得著野人膝蓋，就近拔了一根毛。

一根腳毛！一根將向世界宣示華人才是原住民的腳毛！他們懷著無比激情從原路折回，教授說他明天便可向全世界公佈野人基因系譜。但他們顯然開心得太早了。

國家公園入口處，荷槍實彈排列著一隊警衛。森林局主管把他們押進一間房間，王儲正陰著臉等候。他讓三人觀看錄影，原來森林局早就在森林各處架設了錄影機。原來他們早就發現了。王儲冷冷說道：非法侵入國家公園者，可在國家森林法令第四十七條文下被檢控，刑罰是罰款不超過一萬令吉或坐牢不超過三年，或兩者兼施。他頓了頓：當然，比起國家機密法令，這項刑罰可輕多了。他抄下三人背包，蒙宇哲還希望他搜不出那根腳毛。但王儲把三個背包都放進一個大紙箱，拿起桌上一個郵戳式印章，壓了下去。國家機密文件。蒙宇哲愣住了。彷彿一個世紀又一個世紀過去了，當那隻封印的手拿開，他僅來得及和那別的民族的浮雕作最後一眼控訴；霎眼間他想到那更像一塊鮮紅的墓誌銘，他只能和裡頭的親人匆匆告別。王儲像是舒了一口氣，捧著紙箱邊走邊說：幸運的是，現在我們並不打算提控你們。森林局長接道：是啊，王，你明天還是可以正常上班。

彷彿一切都沒發生過。

蒙宇哲太累了。但他還是駕著他的國產轎車返回布城。他急於向陳如藝細述這趟行程。可惜這樣的經歷不能讓她召開一場新聞發佈會，只能讓她關起門來寫小說。

❶令吉：馬來西亞貨幣，一令吉約合十元台幣。

❷甘榜：馬來語kampung，意指村落。

❸亞答屋：以亞答樹的葉子鋪蓋屋頂的南洋傳統木屋。

❹東革阿里：Tongkat Ali音譯；直譯「阿里的枴杖」。馬來西亞高山野嶺特產，又稱南洋人蔘，據說可壯陽。

❺嘛嘛檔：馬來語Gerai Mamak，馬來西亞淡米爾裔穆斯林所經營的食攤或餐館。淡米爾裔穆斯林俗稱嘛嘛。

尋找小斯

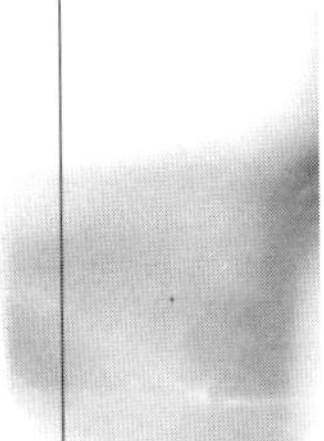

我六十歲了，生活安穩。早上把懶籐椅搬出陽台，往靠背一躺，前後上下起伏著，看外面的世界。一輛紅色車子過去了。又一輛駛來，藍的，在路墩前放緩。司機位上坐著個白領，看得到握住駕駛盤的手，長袖露出的腕上，圈著個鐵鏈錶。鄰座無人，車後輪壓過路墩時，看得見後鏡有某電視台的標語貼紙：千萬人之一。

我家不遠處是三岔路，一天一輛摩哆橫裡衝出，給車撞上。議員來看過，指指路上遺下的碎片，拍照，不久便有工人在家門前建了個路墩。從陽台往下望，黑黃相間的斜條很是醒目。可以就這樣看一早上，直到把車看稀落了，才起身泡杯美祿，擱在籐椅旁茶几上，看報。每天都發生那許多事，每天都經過那許多車。喝完美祿，日頭剛好照進陽台，我退入房裡，把窗簾拉上。看看藏書，偶爾也寫寫小說，過過日晨。

我看著那輛藍色車子駛過，想著再看過一輛車子，便該起身泡美祿。日日如此，已經可以認車，譬如剛剛那輛，在「千萬人之一」車貼之前，貼的是「車上有小孩」。此時來的那輛倒是眼生，駕得略快，倏忽一隻松鼠竄過，駕車的人煞車，在路墩前停住，側過臉看松鼠躍下溝渠不見了。

我和小斯的重逢便是如此發生。定格的略顯驚悸的臉，幾綹頭髮越過耳畔弧垂到嘴唇。鼻尖略翹，有點生氣的樣子。黑眼珠在眼裡占著過多比例，尤其此時斜看，不見眼白。車子過了，我恍惚著下樓拿早報，走下一級木階像是踩深一步記憶泥淖，待得再走上來時，才想起：那不就是小斯。美祿不泡了，早報也沒心思看，陷在懶椅裡晃盪出神。悠悠年歲中回過神來，知道那不會是小斯，恐怕是小斯的女兒。

我把這件難得和自己有關聯的事，緊緊把握住。走進堆放雜物的閒房，拿張椅子墊高，把櫥上那個行李箱拿下來。多年前護照到期沒去更新，已不打算出國了，把捨不得丟棄的陳年舊物都塞進去，一直沒再開過。好幾年了，也沒別的戀棧事物添加。現在一看，原來當年還上了鎖。試了幾回都不對，意義的號碼已經隱匿，若無暗示（如那張驚悸的臉），輕易不肯現身。只好用鉗子撬開，取出生鏽巧克力鐵盒，指甲抵住蓋沿往上拉；噗啦一聲，多年悶著的空氣釋放了。超人火柴盒、樹葉書簽、霹靂貓橡膠擦、阿公葬禮上燒冥紙燒剩的一錠銀、底部釘出幾個小洞的無花果塑膠透明罐……果然，還有一小疊信。小斯的信，裝在印有手繪黃花的信封裡。湊近聞，幾十年土味彷彿還未散盡。

我已經記不起往象屯的路。坐輕快鐵到城裡書局，買了地圖，找了幾遍還找不著。也許巫名有改，打電話給老黑，他囁嚅了半天，才叫我搭的士到會館。還沒下車便已經迎上來，攙著我進了大門，鎖上，下了一級又一級樓梯。在一個書櫥前站定，望了望我，像是掂量幾十年的交情。我朝他點點頭，他遲疑著終於推開書櫥，打開櫥後那扇門。「願阿拉允准。」他說。「總不成事事都要勞煩阿拉。」我說，隨他走進了那門。

我許久不曾那麼心動了。看見一列列的書，就想起象屯屋後那棵紅毛丹，纍纍果實，等你攀高採擷。我說老黑，這些書能否外借？我家藏書快看完三遍了。他瞪眼，那表情是：甭想。逕自走前，從櫥裡搜出一本舊地圖，囑我快找。我取出剛買的地圖，兩相對照，原來象屯如今喚作蛇甘榜。

我離開象屯五十年。那年父親被樹桐壓傷肩，鐵打針灸都試過，還是使不上力。趁我小學畢業要升中學，搬走了。從此再沒回去，像是一覺醒來，很難回到夢開始的地方。到巴士總站查詢，猶豫著買了張票，心想這趟遠行，有著許久沒有的豪情。巴士只到十里外便打住，問司機，只說已是終站，巴士得往回開了。在破落車站等待，見有許多工人模樣的男女踩腳踏車經過，投來詫異目光。試著截停問路，彷彿怕生，話也不答便匆匆前去。直到天黑，一輛小卡車終於停住，黑實壯漢攬下窗問明來意，皺眉說：「你進不去的。」「試試看吧，」我說：「都已來到這裡。」看他猶豫，又說：「我給你車費。」他抬頭看我，瞄瞄身後車站，也許想著讓一位老人在這裡過夜終究不妥，點了點頭。我們在顛簸泥路上走，卡車捻上高燈，也只能照明前方不遠，厚重黑暗始終等在前頭。抓緊座上扶手，在車裡拋上復又墜下，真是艱難的旅程。我禮貌的問起司機大名，他說：「我叫俊明。不過你到了那裡要叫我莫哈末，叫阿末也可以。」又一個皈依的人。車鏡貼有爪哇經文，表明心跡。「你到了那兒，也要想個名字才好。」我看他不像住在象屯，問道：「你到象屯做什麼？」他指指身後車兜：「收生果。山榴槤、香蕉、雞屎果、紅毛丹、椰青、山荔枝……那裡的紅毛丹肉厚脫核，很賣得。」

我想起在象屯最後那年，獲得父親允准，可以爬樹了。小斯來我家做完功課，我便自告奮勇要上樹採紅毛丹。黑螞蟻多著呢，上去前要在腳踝噴蚊油。挨近一揪揪熟透紅毛丹，一手捉枝幹，一手折拗，小斯張開麻包袋在下方兜接。「噗」，遇有大揪紅毛丹，緊緊密密怕有五十粒，接時要稍微垂手彎腰，減去紅毛丹下墜的力度。有時故意丟偏，害她要旁跳兩步，嗔怒瞪目。得意了，也會吃了紅毛丹把種子丟到她頭頂，惹她佯罵。長在枝頭盡處的紅毛丹，手搆不著，小斯便傳上來機械剪，用竹竿套住，剪上軸輪搭條塑膠粗繩。剪口鉤住紅毛丹枝梗，猛拉粗繩，一揪紅毛丹便離開母樹，莊重地墜落。採夠了神氣的從樹的主幹躍下，雙腳著地「噗」一聲，學體操選手屈膝，爾後站直張手，完美的表演。脫去上衣，總還免不了遭螞蟻咬得處處紅塊。小斯拿驅風油為我塗抹，雖說兩小無猜，兩人其實已知，那是炙癢難耐的情慾。

我問俊明：「紅毛丹現在一百粒賣多少錢？」他說：「不算粒了，一公斤四塊錢。隔夜的兩塊。」轉過頭望望我又說：「你知道，紅毛丹隔夜便賤價，打露水也沒用，皮毛都會皺。」突然像是想起什麼，他定睛望著前路，像在喃喃自語：「你要知道，象屯已不叫象屯，你不好叫錯。」

我知道。「但是，為什麼會叫蛇甘榜？」他牽起嘴角笑了：「聽說很久很久以前，開芭人夜裡開芭❶，左手拿火把右手拿巴冷刀，到了一棵大樹下，看見一條蛇。蛇有靈，不躲也不驚，繞著大樹轉了兩圈，朝開芭人伸舌頭，像是想說什麼。突然掉轉蛇頭，往暗處爬去。開芭人拿著火把緊緊跟在後面，走著走著來到一條河邊，蛇躍入河裡不見了。開芭人累了，就在河邊睡覺，一覺醒來，發現那是一個好地方，有山有水有平地，便住了下來。那地方，便叫蛇甘榜。」

我問：「那你知不知道以前為什麼叫象屯？」他搖頭。我還想再說，卡車已慢慢減速，向等著的那群人靠攏過去，停了下來。「蛇甘榜到了。」阿末說。下車忙著和村民們招呼，秤過了重量，合力把生果都搬到卡車上。我也下了車，想要做些什麼，總覺得幫不上忙。阿末付了錢，趕著載生果到夜市賣，匆匆和村民交代了幾句，過來拍拍我肩膀，有點好自為之的意思，就駕卡車走了。我像是解甲歸田的兵卒，發現故里插上敵人旗幟。為著被擄的小斯，我必須硬著頭皮闖進去。

我在阿茲蘭家裡醒來。阿茲蘭原本不叫阿茲蘭，他是我小學老師。不知因何緣由，我家搬離象屯後，他和我父親一直保持聯繫。印象中他們連泛泛之交也稱不上，不過就是老師和學生家長。我父親過世時，他千里迢迢來奔喪，留下住址和新的名字。這趟出門，幸好我把它帶上。阿茲蘭在蛇甘榜有些名望，昨天夜裡我和村民糾纏不休時，喚出了他的名字，情勢便有了變化。我拿出抄有他住址的卡片，一位村民要過去看了，狐疑著喚一青年往甘榜去請阿茲蘭。等待時，氣氛稍微緩和。帶頭那位自我介紹說叫惹蘭里，安撫我道：「你要知道啊，哈菲茲，我們不讓陌生人進村的。」我其實不是很清楚：「為什麼不呢？」惹蘭里又露出他那詫異眼神，不過他還是答了：「這是聖潔的甘榜，外人怕會骯髒。」像要確定似的，他望著我：「你知道骯髒的意思。」

我想，我必須在此說明，這篇小說中的對話，除了最後那段老師和我的話別，全是以巫語❷進行的。我不以巫文記載，除了是我能力所限，也是我多年來寫小說的一種潔癖。

我到了阿茲蘭家裡，雖然小時不曾進過，但肯定不是現今模樣。高腳屋，需踏上幾級木階才跨進門檻。屋裡瀰漫悠久年代的木腐味，摻合著草藥味和貓尿騷。燈光昏黃，原來卻是燭光，映照神台上猙獰神祇。神台前桌上放著些動物骨頭，奇形怪狀的象牙或犀牛角，配以阿茲蘭那身茅山法師式的道袍（雖不設壇，他還是這身穿著），詭祕遂達極致。袍的下端有兩條蜷曲小蛇，繡在兩側盤護小腿。阿茲蘭看著我，皺紋交錯的老臉似顫了一下：「我改行當巫師了。」我問阿茲蘭記不記得小斯。他真的太老了，當年他可以叫出每位學生的名字，認得學生是誰家孩子。我提醒他：「以前村長的女兒。」他像是一層層撥開記憶絮片，良久才喃喃說：「村長的女兒……小斯……我記得的。」混濁雙眼垂下，數算著乾癟手指，給了我一個失望的回答：「三十年前吧，不知搬到哪裡去了。」

我們醒來後第一件事，便是去拜會現在的村長。睽違五十年，象屯已不是一個樣。如果說發展的列車可以把荒野變作城市，那麼列車在這裡出了軌。村裡屋子一律改作高腳屋，屋下堆放雜物或放養甘榜雞。車子不能進來，村民們拒絕繁華，建築不得高過一棵椰樹。為了免受外來文化荼毒，只看國營電台，禁止額外安裝天線。阿茲蘭說：「村民過著純樸和諧的生活。」我不曉得這算不算人間淨土。我只知道，身在人間難以免俗。「他們如何謀生呢？」阿茲蘭說：「在自己的土地上務農。也有許多到十里外可可園打工。」

我們來到村長的高腳屋前，村長聞訊出迎，攙扶阿茲蘭踏上他那大理石屋階。傴背的阿茲蘭使著楞杖，篤篤敲在大理石上。坐好後，阿茲蘭介紹我，說我是城裡來的知名學者，「想要研究古蘭經和巫術的淵源，要在蛇甘榜住上幾天。」村長五十開外，蓄鬚，戴著頂宋擱帽❸，面容慈祥似一謙謙老者。他問我住在哪裡，我答說阿茲蘭家。他點點頭，伸出手和我相握，說：「歡迎你來。」然後把手擺回胸口。

我父親五十年前是象屯的一名伐木工人。我那時聽到的故事是這樣的：很久很久以前，這裡便已是樹桐集散地。砍樹不難，難的是搬運。於是有人訓練大象，教牠們用象鼻捲起樹桐，一根根運到大河邊。工人在樹桐末端釘支鐵鉤，把樹桐滾入河，再用粗繩繫綁，讓一條條樹桐連起來成倒V形。夠數了，便由舯舡❹拉著走，從河岸看去，一條被啃噬殆盡的巨大魚骨，還堅韌地往前游。

我念小學時，常要到林裡看父親伐木。這事一人做不來，至少得有一位電鋸手，另兩人把長繩拋穿過樹幹套牢，在樹快倒時一人分立一邊，平衡著使力拉，不讓它往後倒。於是，樹便直挺挺往中間空地，莊重倒下。登時飛沙走石，好一會才平息下來。

我父親倒下的時候，我沒在現場。聽說那天父親負責拉繩，不曉得是他拉得過猛了，還是另一位走神了沒使上力，樹桐朝父親那頭轟倒。虧他閃得快，還是被一根樹幹砸了肩。伐木工人沒法當了，只好出外謀生。

我這趟到象屯來，免不了是有些鄉愁的。其實，我漸漸已不把象屯當象屯。我來了許久，還沒聽過一聲狗吠。故居當然也變了，移形換影，像一張寫了鉛筆字的白紙，用橡膠擦仔細給擦乾淨了，舊日的痕跡，已很難辨認。我想像不出曾在同一片土地上住過多年。唯一眼熟的事物，是屋後那棵紅毛丹。果熟季節還沒過趟，紅毛丹簇紅簇紅，彷如昨日。兩條粗麻繩繫在高高主幹上，垂下一個鞦韆架——這卻是新鮮事。我習慣攀爬那棵，是可以讓小孩從主幹上跳下，若無其事顯威風的。一位婦人在採蕹菜。這菜又叫空心菜，因為賤生，成簇成簇在水邊濕地蔓莖，所以只選最嫩脆的新長的尾節，拇指和食指抓住一拗，斷節時「啪」一聲，聽了爽快。婦人採了一大把，回頭見到我，笑笑。這幾天我四處查探，村裡人知道我是學者，已不把我當外人，見了我都這般和藹。我過去攀談，這位叫媽吉法蒂瑪的婦人，正要準備晚餐。「蕹菜長得真好呢。」我說。「都是野生的，夠水。」她笑答。

我跟著她又去採野茼蒿，那是離河不遠一塊開墾了的芭地。聽說燒了芭的焦地，野茼蒿種子會隨風飄來，瘋長。我問：「媽吉在這兒住多久了？」她彎著腰，抬起頭想想：「好久了，久得都記不清。」不曉得是不是心有不甘，我忍不住告訴她，我以前也住這裡。「哦？」她有點驚訝：「那我丈夫或許知道你咧！他快從可可園回來了，你留下來一起吃飯吧。」

我不置可否，隨她走進廚房。廚房建在屋外，四面通風，只以幾片亞答葉鋪頂。法蒂瑪把野茼蒿焯了焯，瀝乾後置碟，再爆香蒜米撒上，滴幾行醬油，一道菜便成了。接著炒蕹菜，峇拉煎❺飄香，兩隻貓一前一後來了，抵著我的褲腳用爪子來回抓。法蒂瑪笑著，拿起鑊鏟作狀趕貓。我問了她一個或許不適宜的問題：「為什麼村裡人都喜歡養貓，不養狗呢？」「嗯……」她把蕹菜盛好，拉了張凳子坐下，有點嚴肅地回答：「古蘭經上有說，一天先知端坐著，不知不覺睡著了。睡來發現他攤開的長袍上，一隻貓正在酣睡。於是，他對這隻貓憐惜起來。」像是回答了一道考題，她笑著又說：「你知道，狗是貓的敵人，養了貓當然就不養狗了。」

我說，妳回答得真好，我要回去把它記下來，不留下吃飯了。臨走前她還塞了一把野茼蒿給我：「又簡單煮又好吃，你回去一定要試試。」

我在阿茲蘭家住了五天，對於小斯的下落，已不抱任何希望。明早莫哈末要來收生果，我打算回去了。阿茲蘭還是穿著他那身道袍，我懷疑他睡覺時也穿。那彷彿是一位巫師的印記，不得輕易除下。他其實還有一件同樣的道袍，我看他換洗過一次。但他只晾在屋裡，不肯讓太陽曝曬，我問過他，他支吾著也說不出什麼原因。大多數時候，他端張木椅在屋簷下，像一位老僧呆坐多時。這天夜裡吃飯時，他像有滿懷心事，舉箸久久不下。我感到他有些話要對我說，靜靜等著。良久，他站起，從房裡取出一個竹簍，掀開竹蓋，取出一疊疊泛黃損破的紙。他說：「我做了二十年巫師。你知道，我之前是一位老師。我教過你作文。」他在紙堆中翻找，我幫他把上端的一大疊紙搬到一旁。他從底下抽出一張遞給我，我看了，抽了一口氣，愕然望向他。他又跌入記憶中，半晌才說：「每年作文比賽，我都把前三名作品貼上壁報。那年你得了第二。」我摩挲著當年寫下的字跡，題目下的名字已被擦去。內容寫的是媽媽不在家時，幫媽媽掃樹葉。

用一把椰骨帚，像是用梳子在紅毛丹樹下梳頭，留下一條條齊整長痕。阿茲蘭又遞來一張紙，說是小斯的第一名作品。我搜出小斯留給我的信，翻開對照，果然是一樣的筆跡。我依著小斯當年細心而繁複的折信皺褶把信折好，和阿茲蘭久久緘默著。

我把作文遞回給阿茲蘭，這是他多年來的收藏品。他接過了，指著紙堆上的稿件說：「四十年前我開始轉教巫文，也辦作文比賽，也把作品都留下來了。」他從袍裡取出薄木匣子，捻出一撮菸草在葉上捲好，湊近燭火點燃了，呼出煙圈，在屋裡久久不散。「四十年前，現在的村長也曾是我的學生。」他像是思索著如何開口，又像猶豫該不該開口。等到菸燃到了盡頭，灰燼掉在腿上長袍，他終於開口了：「你六年級那年，城裡要辦作文比賽，我打算讓你參加。到你家找你父親，他還在林裡加班。我進了林找到你父親，和他說了，他很高興，馬上便答應。我回頭便要離開，走不了兩步竟然踩到狗屎。你父親很抱歉，帶著我到林裡一條溪邊洗腳。我還記得那晚月圓，不然還真不敢把腳伸入黑黝黝的溪水。洗好腳，我們聽見不遠處草叢傳出聲響。我們怕是蛇不敢走近，剛好前邊有一棵樹，你父親爬上去窺探，不兩下就倉皇下來，抓住我便跑。……這件事，我們多年來耿耿於懷。……你父親看見的，是伐木工頭在姦污一位馬來婦女。婦女是為她丈夫送晚飯來的。」阿茲蘭新捲了一根菸，起身點火，留給我一個佝僂身影。

我聽到有人敲門，走去開了，一位婦人抱個孩子站著，說要見巫師驅邪。阿茲蘭讓她們在神台前坐下，靜靜聽完婦人訴說發生在孩子身上的怪事。他起身又點燃了兩根蠟燭，屋裡明亮了些，從神台隔層抽出一支馬來劍，在燭火上晃了幾晃。孩子確實有點神智不清，額上有冷汗沁出。阿茲蘭一手握住孩子手腕，囑婦人把孩子手掌扳開，馬來劍在掌上遊走，阿茲蘭神情專注地端詳。復又叫婦人把手掌合上，再張開，如此來回數次。阿茲蘭走進屋後，出來時手裡拎著包好的草藥，交代婦人煲飲方法。婦人一面道謝，一面塞給阿茲蘭一個青包。

我送婦人出門後，幫阿茲蘭捻滅多點的燭火，問他：「你用中藥為人治病，不怕出問題？」他沉吟著，說：「都是山裡採的，有用便好，分什麼中藥土藥呢。」他坐了下來，續說未完往事。「那件事之後不久，也不知是不是巧合，你父親便讓樹桐砸傷了。他懷疑工頭看見了他，暗中弄手腳，所以很快就離開了象屯。」我見阿茲蘭嘴角皮肉顫跳，給他斟了杯熱茶。他繼續說道：「你父親搬離後不久，被姦污那位婦人懷了孕……生下來的小孩和一般巫人小孩不同。他是在人們異樣眼光下長大的，也許因為這樣，特別勤奮好學，尤其喜歡學習古蘭經。那年民族醒覺運動爆發，他大大出了一番風頭，終於得到族人擁戴和認同。後來，他就成了現在的村長。」

我對於當年父親的懦弱，有無限的同情。畢竟那時能叫一家溫飽，是一家之主的首要大事。然而我還是忍不住推想，如果當年父親能挺身而出，象屯也許就不至於變作蛇甘榜。但事已如此，只能嗟嘆。阿茲蘭把我和小斯的作文攤開在桌上，取出一枝鉛筆在上面寫字。小孩寫字總是力透紙背，擦掉了還留有凹痕。

阿茲蘭顫巍巍地抓筆，沿著凹痕一字字寫上：蒙—宇—哲。彷彿了卻多年纏結的心事，長長嘆了口濁氣。他把稿件折起：「你要好好收藏。」我拿著那兩張紙，輕得似乎沒任何重量，彷彿一陣風吹來，便要飄散。

我在床上輾轉，回憶之潮來襲，把我送回悠遠童年。我和小斯有個約定：把寫好的信，埋在學校那棵雨樹露在地面的最大的根旁土裡。許多個溽熱午後，小斯放學時經過我的座位，故意往桌腳踢一踢，我便留在課室裡抄寫功課，待得四下無人，才溜到樹下取信。昨天我回過母校了，雨樹早已被砍倒，建了禮堂。我們淺淺掩埋的記憶，復被洋灰混凝土深深埋葬。

我的小學畢業典禮，在三間打通的狹長課室裡舉行。最前那間課室的黑板，用顏色粉筆一重重寫上了好看的立體字。旁綴那些花草，是小斯畫上去的。小斯和我坐在同一排，隔著幾個座位。叫到我上台領獎時，我站起，橫過黃黑相間的一雙雙同學的腳，到了小斯身前，故意用膝蓋碰了碰她露在裙外白皙的腿。

她輕輕回踢我一下，笑起來像哭一樣。那時她已得知我將搬離象屯。畢業大合照後，我和她約在河邊那簇大紅花樹旁。我們在那兒抓了最後一隻「豹虎」❻，上下左右尋找合起來的兩片樹葉，兩隻手掌張開慢慢伸近，「啪」一聲迅速合攏後拉，把樹葉扯離樹枝，小心翼翼催逼「豹虎」爬入透明的無花果圓筒罐。我把一朵朵大紅花摘下，撕掉花瓣，叫小斯吮吸裡頭奶白色的花子房，有微微的甜味。現在想起來，那裸露的子房真像乳頭。我們在碎落一地的紅花瓣間坐下，說著一些不著邊際的承諾語言。直到太陽收斂了它的毒芒，我心裡忐忑了許久，終於大著膽抓著她的手擱在我的褲襠上。也許想到離別在即，她稍作掙扎便順服了。我進一步抓著她的手隔著褲襠上下兜弄。我記得便在這個時候，回教禱聲劃空傳來，像是為我們吹響的最後的驪歌。小斯倉皇抽手，我那帶著罪惡感的青春的陽具，很快軟塌下來。

我再次看到馬來劍，是在離象屯十里外那座可可園。坐上俊明的小卡車往回走，我央他載我到可可園看看。臨走前我的老師說，還沒搬離象屯前，小斯曾在可可園打工。對於一位一臉慼容的老人的要求，俊明他總不好意思拒絕。

我帶著幾揪法蒂瑪送來的紅毛丹，和俊明一起拜會可可園經理。法蒂瑪說，這紅毛丹和我以前老家那棵同種。「把老樹種子種在旁邊，很快又長了出來。」經理很年輕，而那是上一代的事了。他試著翻找檔案，不一會兒就搖搖頭擺擺手。檔案佚失了，或許早年根本沒留下什麼資料。小斯像是不起眼的過客，雁渡寒潭了無跡。經理像是為了彌補我們的遺憾：「一場來到，我領你們參觀可可園吧。」

我們走入栽種齊整的可可園，經理解釋說，一英畝地可種五百棵可可樹，一百棵一行，這可可園規模不算大，占地八百英畝。工友隱身在可可樹內，不見人影。經理走前幾步抄起一根哨棒，說：「這行有人。」原來可可樹枝葉繁茂，為了方便監管，每位工友都獲分配一根哨棒，進入一行可可樹前，得把哨棒插在行前地上，向管工宣告：「我在這裡。」換行時再把哨棒拔起，插入下一行土上。工友根據各自的喜好，在哨棒上雕刻了各樣花紋圖案。巫族其實是極富藝術性的一個民族。我接過經理手上的哨棒瞧瞧，竟是一條龍，張嘴吐出一顆細珠。這讓我驚訝。龍珠鑿得深些，成一凹槽。

我們一直待到放飯的長鳴響起，工友三三兩兩從可可樹中鑽出。經理一時興起，叫來幾位工友，要他們示範常在可可園玩的遊戲。這遊戲比遠，輸了便要替勝出的工友多做一行可可樹。只見一位工友神氣走來，拎著他那雕刻成馬來劍的哨棒，對準了插入龍珠凹槽，以馬來劍作支點開始轉動。越轉越快，呼呼有風，彷彿龍在低吟。然後手一沉一舉，「喝」一聲把哨棒甩了出去。飛龍在天，落到遠處不知哪兒了。

我坐在巴士上，一顆又一顆的吃著紅毛丹，把皮殼都丟到窗外。良久，我靜靜透過玻璃窗看地上紅毛丹殼，一顆顆豔紅的，實在漂亮。直到巴士開動，揚起沙塵蒙稀了它們的顏色。回頭看，窗後已是一片倒退的淡景。

我的小說要結尾了。這次我再不忍心撕毀、焚燒。回到城裡，我打算買個小行李箱，把小說和兩篇貼過堂的作文放進去，設好密碼鎖。然後再一次把密碼忘記。

❶開芭：意指開荒。
❷巫語：馬來語。
❸宋撊帽：或作宋谷帽，馬來傳統服飾。
❹舯舡：意指大平底船。
❺峇拉煎：即蝦醬。
❻豹虎，又稱金絲貓（Thiania suboppressa），為某些蠅虎科蜘蛛的俗稱。性兇猛好鬥，每當兩隻豹虎相遇，即張開雙螯擺出戰爭架式，步步逼近與對方角力。

安老

剛剛又一人探頭進來，開始時很有一種被瞧見的快樂，日日幾次，蒙宇哲厭煩了。他把電腦轉向，椅子移到桌子對面，把背影留給他們。如今他面對著窗，兩尺見方，站起來還得仰望，上去怕有點困難。真是奇怪的窗子，但可以了解——用來透光而不為了隔開風景，望出去見天不見地。建這幢樓時沒人想到鐵花。

這樓很老了，無論怎麼天天勤力清潔，總有一股歲月的霉味一級級攀高，侵入蒙宇哲三樓房間。三樓就是頂樓，蒙宇哲自選的，不為了感覺高處不勝寒——雖然也有那樣一點意思——只為了來回爬梯級。為了某天孫女回家時陪看的麥兜❶，玩鬧時他讓孫女坐在腳掌上，把她撐起曳落，央她喊：好大一隻腳瓜。

三樓住的是院長和看護員，老人們多在底層，輕易不願上樓——那是他來之前，如今他們輪號似的，一天要上來幾個，幾經折騰，只為了看看他這個他者。他和他們不同，他可是自費又自願住進來。換過位子後，他還感覺時不時有一雙雙混濁眼睛盯著他後腦勺，傳達一個訊息，或暗示：把我寫進去。彷彿人生從此就這樣了，末了留個註腳，不復他求。這原也是他來此的原因——把他們一一認出來。但他覺得困難，他對他們感到厭煩。好幾次他叫院長為他裝把門鎖，不讓那些風或人手推開。院長不肯，說慣例難改，「說不準關上門他們會做些什麼」，為了讓他們心裡舒服：「我的門也沒鎖。」

這是一項困難的工作，尤其蒙宇哲擺明了他者的姿態。有時蒙宇哲會想，或許住到底樓大通間，工作會順利些。但他初來時看過，一床挨著一床，列隊往永恆那邊靠。他又想起輪號，也許今年還睡在這頭，隨著前邊一個個被召喚，明年就睡到那頭去了。他特別難以忍受那股味，集體的蒼老以致無能自制往外散開的生命的餿味。所謂近墨者黑，他想像他住下來，讓那股餿潑墨般沾身，人形也會不見。迪諾．布札第❷的小說〈七層樓〉便寫過，原先只是微恙的主角住進依病情分樓的醫院，一級一級往下跌，一跌不回頭。

老人丙便在某天早晨一睡不醒，彷彿知道終有一天會這麼離去，東西都收拾齊整疊在床下，床頭桌上雜物：盛假牙的杯子、熱水壺、餅乾罐、老花眼鏡等一件件擺好，告別的姿勢；親人到後扇開黑色垃圾袋，裝了拎走。幾位老人在旁看著，說不出是悲傷還是羨慕——這算是好死了。蒙宇哲有些懊惱，來不及為丙記下更多的枝節。但他還是決定讓他上場，小說裡沒有真正的死人，文章實乃不朽之盛事。他看著掀開床單的床褥，那些汗漬，彷如生命之剝開，有點不堪。他想像老人們此後一段日子會迴避這張床，但它即將迎來新生——它畢竟是一張安詳之床。

他甚至不願記取老人的名字，這些缺乏劇情想像的名字在他的故事裡起不了作用，乾脆依占戲多寡排列，以甲乙丙丁戊稱呼——再往下他便叫不出了，他也無須更多角色，免得失卻焦點。他的甲是個光頭老人——閃著智慧的光芒——他準備這樣開始描述，對於主角，他覺得該有些正面的情感。但他對甲還真稱不上有什麼好感，一連幾天他看甲和人下棋，一步棋要走老半天，時間宛若凝止，一有稍動怕會提醒了它。好幾次他想說，正式的比賽可是有鬧鐘的，而這時甲的手看似無意，總會指向棋盤上的警句：觀棋不語真君子。

蒙宇哲發現甲的開棋總是起馬，他為他設想了一段奔馳的青春。在這青春裡頭，他和甲是摻合的，他想把自己寫進去。為此他用心觀察甲的日常作息，尋找兩者相契合的，能夠不留痕跡轉化、嵌入記憶的凹槽。結果不能說是令人滿意的——甲是一個安靜的角色，除了早晚課和隨後的兩次散步、到食堂端盤拿菜，就不願怎麼走動。下棋、午睡、看看電視，似乎這樣便過了幾十年，教人摸不著過往。唯一讓他讚賞的細節是他在某次難得的早課——他不願起得比老人早，因為早是老的一種度量——發現甲禮佛的方式有別於人。問訊後他雙膝前後跪下，伏身、埋頭，緩慢得像世界遺棄了時間。然後翻掌，一朵花的綻開，久久不願合攏。引磬聲叮了，別人重又一一站起，他還在等待神諭，久候不獲。

陳如藝生前常來這裡當義工。蒙宇哲不曉得她是不是別有用心——或許她的初衷真是希望能為老人做些什麼。幾年來她說過多次：這是一個絕佳小說場景。也就在這幾年，蒙宇哲發現妻子老得非常快，最明顯的徵象是：皈依三寶。整個人縮了一碼，骨頭都變輕變小（舍利子逐漸成形？）；牙肉也萎縮了，往常愛吃的只能看著緬懷。為此蒙宇哲特地去做了牙橋，讓牙肉堅挺些，至少還咬得動一顆蘋果。陳如藝很留意甲，她在電腦裡記下了甲愛吃的菜、散步的走姿、睡覺的姿勢，打算以甲寫一部小說。可惜小說只取了個題和一些零碎細節，陳如藝便已死去。他們曾經如此相愛，以致已經無數次討論誰為誰焚燒遺作，然而結論是：這注定是被背叛的遺囑。他和她最終都認同並感激出賣卡夫卡的布羅德，所以陳如藝彌留時雖已不能言語，他還是讀到了她不能違背的遺囑：完成它，在我墳前燃燒。

蒙宇哲想像陳如藝在樓旁這個人造水池邊，坐看乘涼老人們融入黃昏。那確實是近乎神性的光景，聚集著一個個入定老僧，一股柔軟安詳的念力包裹四周，彷如一切因緣和合，即將因緣散開。靜穆裡蒙宇哲構思了以下句子：苦集的場所，滅之思索，道的允諾。他失笑了——這樣的聳動而挾帶恐怖押韻的句子，當然寫不進小說。他只是油然而生一種慨嘆，這聲音為小說所未能辨識。對此陳如藝或早有體悟，所以猶豫未能下筆。

蒙宇哲維持晨跑習慣，每天都要越過禪行、漫步或疾走的老人們——他和他們不同，他還有小跑的能耐。老人們此時已做過早課，似乎都在等待早餐——又似不是。一張張無為的臉，似乎都在說：這又是一天過去了。即便是生機蓬勃的早晨，在這彼岸的前院也漫漶著出世的氛圍。

入世的光景，則盤旋在晚飯後聚集的客廳。那天播著樂齡歌唱大賽，老人們臉上的皺褶都似溢出一層層油光，從電視拖曳而出那長長餘音是他們青春的尾巴。蒙宇哲發現甲也在裡邊，一首又一首聽著，一如往昔，沒有流露任何情感。終於，蒙宇哲發現他的腳跟隨著歌聲一上一下微細抖動，某種韻律的應和，教蒙宇哲也在心裡吟唱：自從和妳斷絕來往，心裡是多麼的悲傷，我的心中是多麼的苦，我還是永遠的愛著妳。

回到房間，蒙宇哲把椅子搬回它原來的地方。剛剛坐下，抬望間依稀有人影在門外張望，他想，就聽聽他的故事吧，轉身拉門想請他進來。卻原來是清潔工，難得見他迎門，恍神間鬆落了掃帚。蒙宇哲俯身去拾，待他重又站直身，他有了個覺悟——這覺悟也許盤據心中已久，當下冒了上來：蒙宇哲已老。

❶麥兜：香港著名漫畫裡的卡通豬。
❷迪諾．布札第：Dino Buzzati，一九〇六—一九七二，義大利著名小說家。

黑水溝

蒙宇哲騎上摩哆彷彿回到少年時光。輕便型鋼盔堪堪遮到耳朵，帶子扣子壓在腦後與頭髮成一色——黑暗業已成形。出門時母親還嚷：媽打❶會捉的。管他，總不成一臉呆樣去見人。規規矩矩扣帶子，總教他想起《星星知我心》的養鴨人家，戴了那許多年的斗笠。他叫陳如藝抱他，陳如藝伸手過來，肚臍上面，擋掉一些寒風。但這輛一百一十CC的野馬，後邊座位不夠斜，陳如藝坐得彆扭，改把手放他兩邊大腿。出於對死者的尊敬——或者說，想起了某個諾言——他突然煞車。鋼盔篤的一聲碰上了。陳如藝沒罵，她用頭再敲了一下。他笑了，往後回敲。篤篤篤，這下可成了木魚。

一管原子燈照著：廣東義山。路旁有香燭，燈籠紙圍住，防風吹滅。蒙宇哲拐了進去，陳如藝喊：不是去吃消夜？他朝前指了指，開玩笑：應該有得吃。臨時搭起的棚，一位道士兀自繞圈，揮著根細竹念偈；似乎頗受場面冷清感染，懶洋洋的調。蒙宇哲寫了帛金，四下望望，見一穿孝女子，便牽著陳如藝過去：阿嫂，妳好。女子抬頭看他：你是阿哲？蒙宇哲點頭，有點詫異。女子說：凱凱威給我看過照片。你沒什麼變，就頭髮少了些。蒙宇哲笑：我們許多年沒聯絡了。搖著手指逗女子抱著的孩子：女的？叫什麼名字？女子答：黃曉欣。說著臉上漾開了笑容。

蒙宇哲想起某位歌手唱的：我的姑姑在寒風中是最美麗的女人。插香時他問陳如藝：妳知道是誰的歌？陳如藝拜了拜：不就是麻甩佬❷陳昇。蒙宇哲握她的手緊了些，笑她：妳不就是喜歡麻甩佬？陳如藝作狀搥他，隨即想起身在靈堂，收斂了。

桌上圍著幾人，蒙宇哲認出其中一個，走過去打招呼：伯仄末。正剝著花生的伯仄末一臉茫然看他。蒙宇哲說馬來話：你忘了哦，住阿拜隔壁的咧。伯仄末這才站起：哈，還差點就認不出了。坐、坐。拉蒙宇哲坐了下來。又指著桌上的炒米粉：要不要吃一點？蒙宇哲看著陳如藝。她忙說：不了不了，我們吃飽了才過來的。伯仄末望望蒙宇哲：吃飽了？哎那就可惜了，我們今晚有好料喔。說著對蒙宇哲眨了眨眼：你好久沒吃過了吧？蒙宇哲會意：你別聽她的，有好料怎可不吃。哪裡？伯仄末說：我等下就過去，你跟我車。一旁的陳如藝拉他，他在她耳邊說了幾句，她瞪大眼。蒙宇哲笑問：妳敢不敢。陳如藝回過了神，答：怕你。

走前他們去瞻仰遺容。陳如藝想不去：我都不認識他。蒙宇哲說：但他想認識妳。陳如藝拍他：見鬼！但她還是跟他去了。見他站著看了許久，忍不住逗他說話：他就是……凱威？蒙宇哲搖頭：是凱凱威。他說：妳不知道，他是我的兄弟。

蒙宇哲小學時隨家人從士毛月新村上村搬到下村，同樣是華人聚居的客家村落，蒙宇哲上了中學才懂，乃英殖民政府當年為了切斷馬共補給的產物；或許也有分而治之的意思，而這個影響至今的政策，在英軍和圍籬都撤走後依然如村頭那條死雞河——兩岸雞犬相聞但不相往來。只因村裡幾乎家家養狗，狗是極端種族主義者，基因裡代代流傳一股怨氣：怎麼當年睡在先知枕邊的偏偏是隻貓。所以從來不肯對愛貓人好言相向，見一個吠一個，見兩個吠一雙；前頭吠了後頭得到警報，一一守在路邊接力，眾犬齜牙咧嘴的盛況彷如丐幫眾弟子一人得啐一口口水招呼新任幫主——儀式之完成。於是有色人種輕易不肯進村，事不得已，總有打狗棒傍身，蒙宇哲記得伯仄末就有一根。

伯仄末據說是本呼嚕——馬來甘榜的村長。他一個月內總有三兩回造訪凱凱威家，蒙宇哲彼時住著一個江湖的腦袋總要幻想他是來探視敵營。更富傳奇色彩的是凱凱威的父親阿拜，有著謎一樣的身世，騎著一輛據說是二戰後日本人不及撤走的腳踏車，腳踏車原本掛槍的地方掛著後來的打狗棒（或龍頭杖？），瘸著一隻小兒痲痺症的腿，小腳細長腳掌扭曲，活脫《天龍八部》四大惡人之首。另有幾位常客，一個個也長得三山五嶽。這些人總是前後腳到，而在他們還未來之前，父母總拉蒙宇哲到廳裡看電視，也不管功課有沒有做完。直到蒙宇哲與凱凱威開展彼此的友誼後，蒙宇哲才知道凱凱威家的籬笆門甫開，父母便已收到風，扭開電視調高聲量。

蒙宇哲家與凱凱威家只隔著一條溝渠，溝渠兩邊鋪有長長傾斜四十五度的青石板。他們的交往開始時並不順遂，父母對鄰居有所避諱，告誡蒙宇哲不可親近。但他們的友誼終於像青石板上某處罅隙長出了小草。起因是某次放學蒙宇哲憋尿憋急了小跑著回家不慎摔倒，剛巧一輛摩哆駛來眼看要撞及，幸好同路的凱凱威手快拉了一把，從後驚呼趕來的母親感激之餘也對凱凱威改觀。蒙宇哲特別記得那次經歷，他到家後忍住膝蓋破損處的刺痛先到屋旁紅毛丹樹頭小便，遇上在屋外天井沖涼的凱凱威，隔著兩道籬笆一道溝渠，兩個人都笑了。

待蒙宇哲年紀大些，母親便放心讓他和凱凱威一起走路上學。凱凱威大他一年，但碰上英文和馬來文課，老師偶爾會安排他到蒙宇哲班——他二十六個字母硬是背不全。不知道是不是天生我材必有用，凱凱威常在運動場上揚威，一百米兩百米四百米，都沒人跑得過他，雖然他賽跑時總赤著腳。他總是一副邋遢樣，穿的校服全班最黃；天知道他其實愛乾淨，可惜校服只得一件，週末自己在天井旁搓洗。

他家是全村最簡陋的，屋子只占屋地後半邊，木板鉼片草草搭起，屋旁另搭個棚當廚房；一般天井都在屋內，他家的卻在屋前，凸出來一個井圈；因為有地，種有兩棵紅毛丹和一大畦菜，用鐵絲網圍起防狗。蒙宇哲記得有次母親買了套校服叫他拿給凱凱威，凱凱威喜孜孜收下，隔天原封不動退還給他。他問母親，母親搖頭。不久後卻見凱凱威真穿上了新校服。

沒人知道凱凱威的母親是死了還是跑了，蒙宇哲不是沒問過，但凱凱威不答。一次學校歡慶母親節，下課時把母親都請了來，有個聚餐會。凱凱威一早便蹺了課，蒙宇哲放學後找他，兩個人繞了一圈走到屋後溝渠旁，凱凱威突然就蹬蹬蹬踏著傾斜的青石板走到了屋前。蒙宇哲看傻了眼，他不知道有這個走法，凱凱威又蹬蹬蹬了過來。這便是鐵掌水上飄，凱凱威要蒙宇哲試，蒙宇哲看著青石板上長著的青苔似乎滑腳，中間那道溝渠水黑猛猛的髒死了；又怕母親走出屋外看到，有點卻步。凱凱威放慢了速度示範，一腳左一腳右，借力而已。蒙宇哲也覺得簡單，大著膽子踩上去——還好，就是像鴨子走路。如此又走了幾回，駕輕就熟了，覺得自己變了天鵝。凱凱威換了種走法，不再一左一右，而是往右邊青石板踏兩三步，再蹬到左邊踏兩三步，一下子便閃回蒙宇哲面前：這是凌波微步。蒙宇哲躍躍欲試，凱凱威教他竅門：不能慢，一慢便要落水。果然，蒙宇哲感覺自己像飛了過去又飛回來。

輕功練得差不多了，他們練暗器，到死雞河邊茅草叢拔茅草，凱凱威教蒙宇哲撕下茅草梗的兩邊些許，用左手握住，再用右手食中二指穿過夾緊，左手不動右手往前甩，茅草嗖一聲便射了出去。蒙宇哲猶豫，怕割傷手，但見凱凱威射了幾次都沒事，忍不住也選了根肥大茅草，拔下。剛開始只射出幾步之遙，慢慢的大了膽，可以和凱凱威比遠了。這回凱凱威又說，想和蒙宇哲比比拳腳功夫，他們各自擎起九陰白骨爪，運力比誰的爪硬。兩爪相接的同時蒙宇哲隱隱然已覺會輸——凱凱威雙手都是死皮，他撐不到一炷香時間已被凱凱威拗得彎腰屈膝，抬頭正想求饒，看見凱凱威稜角分明的臉罩上了一層陰影，帶點殘酷的語調說了句蒙宇哲忘不了的話：我很早就已不需要媽媽。

別懷疑蒙宇哲的記憶，他有寫日記的習慣。遇上陳如藝之前他有二十本日記，其中七本主角是自己和凱凱威，雖然凱凱威戲分越來越少。小學畢業後凱凱威到村裡附近的馬來中學念書，他則到城裡獨中寄宿。數不清的情愫暗生和一次次的露水情緣漸漸霧化凱凱威身影，那些女孩的容顏一個個新鮮登場。然而事過境遷後回望無論占戲多重的她們竟都彷如——比如說他珍愛的一塊膠擦、一管滴答筆❸一個上有超人的鉛筆盒——派不上用場的舊物而已。曾經的朝思暮想，當時以為的緣分，fade out。反而只在週末聚首的凱凱威像抹掉霧氣玻璃般fade in，像清除不了的攀緣植物糾纏著一起成長。

凱凱威和蒙宇哲一同經歷了性啟蒙。他們玩過一種叫「棍釘」的遊戲，把不要的掃把棍鋸成一長一短兩截，長約一呎短約五吋，用短棍往泥地掘洞，內窄外寬，陰戶的樣子，一人握住短棍往洞裡丟一人握長棍守著，待短棍丟來便使勁打，不讓入洞；遊戲的輸贏是看誰「斬雞頭」斬得遠——把短棍斜放洞口，長棍輕敲待短棍彈起窺準了揮打出去。輸了的人得拿著短棍遠遠的一路喊「棍……釘……」一路跑回洞口不能換氣，直至把短棍塞入——終於還是入了洞。那時他們還不知這遊戲的發明人多麼熱衷於性暗示，而更明確的性的呼喊迴盪在溝渠旁，一次回家凱凱威說他自創了比凌波微步更厲害的輕功——他能連踏四步才換邊。於是他把蒙宇哲拉到屋後溝渠打算傳授，他們走過橫巷時發現一位十歲上下的女孩蹲在溝渠上，看見他們便尖叫起來；蒙宇哲呆住了，有那麼一兩秒，然後才下意識的掉頭。蒙宇哲好像看到了什麼但越回想越不確定，何況女孩很快的把原本擱在大腿的裙襬放下。他覺得凱凱威看得比他清楚——凱凱威問他是不是看見中間那條線，這條線於是成為蒙宇哲往後數十年情慾的源頭。

凱凱威帶蒙宇哲回家關上房門說既然你那麼愛看——他從床褥下抽出幾本書遞給蒙宇哲——《龍虎豹》、《閣樓》，蒙宇哲無數次幻想的女同學校裙底下的女體紛呈，燠熱房間雖有風扇咿呀轉著總覺悶熱難耐，當他總算把眼睛移開他看見凱凱威房裡木板與木板疊合處那些角落的罅正有陽光照進來，一線又一線的天；說線又未免說細了，那恰似別有洞天。他央求凱凱威借本書給他，夾在褲頭裡再把T恤拉下就這麼遮掩著回家，隔天再把它帶到宿舍，放學後佯裝肚痛把它帶進廁所放在鋪了衛生紙的洋灰地上，朝一雙雙不知名的乳房噴射一兜兜精子。

有很長一段時間裸體擠滿蒙宇哲青春的腦袋，他的江湖成了酒池肉林，也成了他和凱凱威及獨中同學們共通的主題。某次他從室友床底搜出幾本色情刊物，靜悄悄放了回去待室友回房時再取出自己的珍藏假意大方借閱。果然室友也不吝嗇從此開始了資源分享且情慾之網越拉越大，蒙宇哲這才知曉紛紛情慾已如瘟疫侵占整個校園，只是一直都處於被隔離狀況潛藏於臥房床褥與床架間層；他並且有點尷尬但還是與室友議定了不通關密語：非用餐時間門外的紙製輪盤箭頭指著meal那其實不是meal而是masturbate，切勿開門。

一天蒙宇哲從室友處借了李麗珍《蜜桃成熟時》錄影帶回家，找上凱凱威看有什麼辦法可一窺玉體——他家電視正對大門，門外即大路，若要成事得把大門關上，非常著跡，且說不準外出到外婆家的母親何時回來。可凱凱威家只有殘舊十四吋電視沒錄影機，他們思前想後，最後不知凱凱威從哪裡弄來一架——後來知道，他潛入學校「借用」。他們把錄影機和電視搬到房裡，好事多磨，只看到李麗珍赤著上身截的士便聽得外邊眾犬齊吠——凱凱威的父親阿拜回家了。凱凱威按了靜音，此時狗吠聲已停，他臉色微變：我爸要殺狗了。蒙宇哲不解：你又知道？凱凱威說：他把狗都放了出去。

只留下一隻。蒙宇哲從房裡洞口望出去，見阿拜正打水入桶；換過一個洞，見他拎著個麻包袋一拐一拐的往拴在廚房柱子上那狗走去，連狗鏈也一起罩入袋裡；狗像是知曉自己命運般不吠了只嗚嗚哀鳴。阿拜拖著麻包袋一把塞入水桶，凱凱威說他得出去幫忙了，問蒙宇哲要不要一起出去，蒙宇哲記掛著明天須還的李麗珍，不願就此告別。凱凱威到廚房生火煮水阿拜坐著抽菸，這樣的畫面讓蒙宇哲想到黑店。他看著凱凱威和阿拜合力拎起濕淋淋的麻包袋綁高在紅毛丹樹幹下，麻包袋底部穿了個小洞，狗掙扎時一隻腿踢了出來剛好讓阿拜一刀劃過，血淋淋往底下盛住的大盆滴落，比熟了的紅毛丹還紅；開始時是血線後來是血點。阿拜操了根木棍噗一聲打在麻包袋上，裡頭奄奄一息的狗只悶哼，再兩下便無聲息。他看著凱凱威和阿拜拖著濕麻包袋回廚房解開，燙了熱水用刀刮毛刮過了就用炭灰塗抹狗身邊塗邊擦，再沖一回熱水狗便不再是狗而是待煮的肉。開肚時他不敢看轉而回到彼時正亮麗煥發的李麗珍，再按一次暫停鍵讓青春繼續流洩，靜音畫面配以剁肉聲讓他有了不當的聯想——裡頭滑溜潔白的肌膚和外邊褪毛的狗何其相像——不過就是一副臭皮囊。但他至少此刻深愛這副皮相，這副皮相有著他少數可以辨識的乳房。

完事後蒙宇哲覺得應該離開，他把李麗珍和衛生紙都收進書包，打開房門吶吶的喊了聲uncle，阿拜看他一眼只嗯了一聲轉頭繼續攪動他那鍋肉，蒙宇哲只聞得很重的薑味，凱凱威送他出來時說阿拜問他要不要留下來吃，蒙宇哲猶豫著說先回家看看母親回來了嗎，凱凱威就說：你已經是大人了。

回到家蒙宇哲還在咀嚼凱凱威大人的話。他想起他也看過母親殺雞，一刀抹過脖子然後丟到天井任牠掙扎，靜了也就脫毛，上了飯桌除了雞脖子他什麼部位也都敢吃；不就是肉。他又想起江湖好漢總是大碗喝酒大口吃肉，他就又回到了凱凱威家。此後他就嘗到了過街被狗吠的滋味，他彷如一朝醒來便成了有色人種。

不吃還好，吃過便不能忘懷，於是週末回家逢有阿拜宰狗蒙宇哲便成桌上客，偶爾也幫忙加炭煽火劈劈柴或到屋後空地挖洞；他甚至試過猛力一棒往麻包袋裡的狗招呼，說不上是快活還是罪惡，心情複雜得他至今不能描繪，只好安慰自己說有怪勿怪，早點脫離苦海。母親對他吃狗肉一事頗有微詞曾想勸止，但外婆也嗜此味常託她到阿拜家打包，說狗肉行血益氣暖腰安五臟吃了老當益壯；上樑不正下樑歪，她也不好說什麼。況且阿拜一家雖窮但自力更生好像也沒做什麼壞事，而蒙宇哲向來品學兼優應不致學壞，且由得他。

桌上常客除了伯仄末，還有村裡理髮師傅和光頭叔。這位理髮師傅蒙宇哲只管叫師傅從不知姓名，他的店裡曾經散落著蒙宇哲直到上大學前所有被剪的頭髮，蒙宇哲至今仍懷念那塊架在椅子扶手上的木板，那是唯有小孩能坐的特別席；在蒙宇哲無須母親陪伴而得以自行去理髮後蒙宇哲在等待時翻閱了店裡大量過期的《世界勾奇》、《獵奇》等八卦兼帶黃雜誌，以及賦予他無數英雄想像的《龍虎門》、《醉拳》等香港武打連環圖。而打從他在餐桌上與師傅碰杯後，每次理髮當師傅扯著牛皮霍霍磨著剃刀時，他就會想起師傅吃狗肉的樣子——有點不寒而慄卻也得硬著頭皮。光頭叔是蒙宇哲阿公生前走廚時的夥計，那時村裡沒酒家，一般紅白事都是在自家門前搭棚請廚子來煮食。雖然沒鬍鬚但光頭叔特像洪七公，臉色紅潤聲如洪鐘，說起話來總是滔滔不絕；據他說阿拜以前也跟蒙宇哲阿公走過廚。

阿拜不多話，總是靜默地工作和招待客人，通常客人來前蒙宇哲已到，看阿拜把丁香、八角、陳皮及幾種不知名香料倒在白紗布上，包起打個結丟入鍋裡。薑是切片後直接進鍋的，蓋上鍋蓋就這麼燜煮；鍋裡傳來咕嚕咕嚕細響時香味也就漫散開來，此時得開鍋攪動，再蓋鍋，抽出兩根柴以小火繼續熬。蒙宇哲日記裡記下了這麼一個噩夢，夢境正在凱凱威家廚房，鍋裡咕嚕聲越響越大，連蓋子也被裡頭的熱氣撞得喀喀響，蒙宇哲於是掀蓋，驚見一隻惡犬張著血盆大口蹦跳而出作狀咬他；蒙宇哲嚇得撲倒在地正想：我命休矣，凱凱威不知從何殺出，像牛仔戲裡的牛仔一拋繩套便緊緊勒住了狗頭。

牛仔的繩套發源自村裡的捉狗大隊，每年總有一兩次，縣議會與警局聯手派員全副武裝進村捕捉流浪狗及沒狗牌的私生狗。村裡沒人會為狗報生或領狗牌，養狗還要付稅對他們來說是不能接受的邏輯。所幸捉狗大隊捉狗捉不進民宅，只要把狗關在家裡便沒事；而捉狗大隊出動前伯仄末都會收到消息，第一時間通知阿拜且傳遍村裡，於是捉狗大隊來時但見家家都已關好門戶，他們只能追逐無人認領的流浪狗。蒙宇哲對捉狗大隊既厭惡卻又佩服，他們一行人總是步行而至，臉上一塊手帕蒙住了臉像戲裡的土匪，不曉得是不是怕被狗認了相死後算帳；他們一人一根長棍棍上結了個繩套，發現了目標便散開包抄，逼得狗無路時一人看準了長棍一伸繩套一拉，總是一擊即中，勒著狗脖子提到後面跟來的羅里❹上，送回警局等著槍斃。蒙宇哲一直認為狗有狗的溝通方法，牠們對捉狗大隊有著世代相傳的恐懼，見了這些蒙面人怯懦得吠也不敢跑也不快；蒙宇哲只是不明白為何當外頭的狗紛紛視阿拜為世仇不吠不快，阿拜養的那幾頭見他回來卻都搖著尾巴像親人回家。

一回捉狗大隊進村時凱凱威家正辦烹狗大會，錯過消息的伯仄末慌忙同阿拜父子出外尋找外放的狗，可這些狗平日難得出一回門都四散尋樂，結果當然被作地毯式搜查的捉狗大隊套了脖子，斷無倖理。伯仄末四下疏通後帶回一句話：

生狗一百死狗十塊。仗著伯仄末的臉，算便宜了。阿拜想，雖說現時已很難找人送他小狗——他的盛名村裡村外都傳開了——但花一百塊贖狗畢竟划不來，於是待伯仄末確定狗已行刑便自己去領了頭死狗，怕被認出，又託伯仄末和光頭叔各去領了兩頭，還交代要黃狗，不管是不是自家的，沒長癩痢便行。聽說那幾天凱凱威家都冒著炊煙，可惜蒙宇哲忙於應付年終考試沒回來。

凱凱威中三沒念完便輟學，蒙宇哲常聽他抱怨課堂上老師講什麼他大半聽不懂。他找了份工地裡托泥水的工作，身體變得更健碩，見了面便要掀起袖子讓蒙宇哲看他的老鼠仔。然而他們也不常見面了，蒙宇哲升上中四後忙課業且開始寫小說，聽羅大佑陳昇披頭四；偶爾回家凱凱威也總有事情忙，聽說他有了女朋友。

中六那年阿拜去世，他的死如他的人一樣是一個謎；凱凱威說他死前他家的狗一隻隻離奇死亡，阿拜聽說捉狗大隊大有斬獲便去領了一隻回來，然而他不曉得那時狗已換了種死法：注射藥物人道毀滅。結果當天吃了狗肉的人紛紛食物中毒送院，擠滿縣醫院病房。阿拜向來吃得少看似沒事，從警局被問話回來後就一直關在房裡，翌日凱凱威察覺不妥撞門，發現他一句話都沒留下就已離開。喪禮草草了事只打了一天醮，蒙宇哲從城裡趕回送殯，過死雞河時仵作佬一直要凱凱威喊：阿爸過河囉阿爸過河囉。結果凱凱威喊了幾次便按捺不住：他會游水的。當晚蒙宇哲用他生澀的文學語言在日記裡為阿拜寫下了句點：狗日子已到了盡頭。

從義山出來，回家脫孝洗手梳頭後，凱凱威說要載蒙宇哲到母校大草場，那時蒙宇哲還沒考摩哆牌而凱凱威已騎著一百五十CC的野馬哈❺；但蒙宇哲寧願踩腳踏車，他一直認為那款屁股翹起的摩哆是把妹用的。凱凱威就說：以後你有了女朋友記得帶給我看。他們踩著雨樹凸出地面的樹根，曾幾何時這對他們來說是危險的遊戲，然而他們已經學會從容地跳過來跳過去。幾天後凱凱威便要到新山投靠遠親，一直讓他們租住的姑姑子女多了打算開枝散葉，給了他一筆錢說想收回屋子，拆掉重建。而考過統考後蒙宇哲大概會出國吧；他們就像雨樹外延的樹根，意外的在某個點上交錯，盤結茁壯而後各奔前程。看到草場上已經褪色但依稀可以辨認的黑油跑道，蒙宇哲說他要和凱凱威比快，一二三就死命踩腳踏車，剛開始竟然還跑在凱凱威前頭，但凱凱威換了二度牙❻後很快便把他拋到後頭——他總是比他快，連死也不例外。

狗日子原來卻還苟延殘喘。民聯執政後，伯仄末卸下村長的職務，在帝國餘輝還未殆散前，申請了村外郊區一塊地，建了個魚塘。他在魚塘邊圈養了一群狗，阻嚇非法垂釣者；狗除了看門，當然還得上桌。蒙宇哲和陳如藝到時，魚塘邊木屋外已坐了一桌人，光頭叔一見伯仄末便喊：等你開齋呢！蒙宇哲過去打了招呼，說：很久不見了，光頭叔你還是中氣十足。見桌上擺了幾瓶黑狗啤，有點納悶：今天吃黑狗？一旁的理髮師傅說：凱凱威明天出山，我們吃了黑狗去送他。又說：黑狗肉雖然沒那麼香，但對你有益；邊說邊促狹地看了看陳如藝。光頭叔不懷好意湊近陳如藝：黑狗很勁的。他小聲說話，整桌人卻都聽到。蒙宇哲找話解窘：我走了後，你們的狗肉朋友可越來越多了。他指的是伯仄末的印度看更❼和孟加拉外勞。伯仄末答：吃飽了才好做事嘛。他看陳如藝斯斯文文的樣子，笑嘻嘻說：我這裡雖然是魚塘，今晚可不吃魚。蒙宇哲推了他一下：你少擔心，她什麼都吃。陳如藝也說：這裡四大民族都齊了，有男當然也要有女。光頭叔點頭：算妳識貨，我的狗肉滾三滾，神仙企唔穩。魚塘水面映著一輪明月，蒙宇哲遠遠望著籬笆裡的狗，他聽凱凱威說過：一黃二白三花四黑。他突然想起兒時看過的一齣戲：Empat Sekawan❽。

翌日醒來，蒙宇哲和陳如藝到加了蓋的溝渠上散步，蒙宇哲遺憾不能看陳如藝如他往年般跳過溝渠，他相信陳如藝一定會跑得很好看——凌波微步本就該是女子練的輕功。但他想，像現在這般緩行，安安穩穩地走，豈不也是一件美好的事情。凱凱威家早已建成石磚屋。他們爬過的紅毛丹樹，待過的燠熱房間，每次未走進便已聞香的廚房，不消一日便被神手推倒，托上羅里拖格，運走。蒙宇哲看過阿拜替狗捉狗蝨的情景，用梳子梳毛，遇有阻礙便伸手去探，捉起拋遠。蒙宇哲蹲在溝渠上，從溝渠蓋間的洞口往下望，黑水流過他的雙眼。曾經他把狗血嘩啦往溝渠倒，血紅瞬間染色，不過一下子，又是黑猛猛的水溝。他想：凱凱威已經沒有家。抬頭對陳如藝說：他們建屋時挖出七十七個狗頭。陳如藝不信：為什麼就七十七個？蒙宇哲站起，笑：我一本一本日記算過的，會多不會少。陳如藝推他，說要施展比凌波微步更厲害的輕功，她喊著：踏……雪……無……痕……，一步一步走了過去，到了盡頭轉過身說：你要為我寫二十七本日記。

此時一隻狗對著她吠了起來。

這頭和那頭，兩個人都笑了。

❶媽打：馬來語「Mata-mata」音譯，指警察。
❷麻甩佬：廣東話。又稱麻笠佬，臭男人的意思。
❸滴答筆：即自動筆。
❹羅里：英文lorry，大馬人稱貨車為羅里。
❺野馬哈：Yamaha，日本著名摩托車品牌。
❻二度牙：即換檔。
❼看更：即保安員。
❽Empat Sekawan：六〇年代紅遍大馬的黑白方言喜劇，中譯《四喜臨門》。

被推翻的小說

這幾天陳如藝過得非常鬱悶。她望著酒店天花板祈禱方向的箭頭，怎麼想都想不到出路。外頭敵人已重重圍困，手裡都拿著鈔票、土地契約，千萬豪宅的合同（保證不秋後拆除）。但他們或許已反轉豬肚（就是屎），誰教妳敬酒不飲飲罰酒？如今三桌人坐滿（其中三人陪席），還有一個帶頭大哥站著，說他自己是歐巴馬：We can change! 要轉變。而她們二八年華，青春來不及揮灑即已凋零。她想起那三位（前）同志，青蛙一跳成了鳳凰，疙瘩外皮瞬間轉為眩目羽翼，真的有點暈，拉開抽屜抓出聖經定神。「如果蒙宇哲在多好。」他為她寫過一首〈以弗所家書〉，告誡她（如今成了慰藉的預言）紛紛擾擾之後，文學才是安身立命之處。（所有歷難時節，刀光／霍霍，因在他裡面／便得到寬赦，便窺得安身的縫隙）

作者按：欲一窺全詩，可到http://www.malaysiakini.com/news/97913；若遍尋不獲，意謂蒙宇哲已在煽動法令下被捕，罪名：曲解經文，企圖引起人民不安；可跳到以下美國註冊祕密部落：http://www.got1mag.com/blogs/linloong.php/2007/03/08/aryaf_a_arpa_c

她翻開原文：要穿戴神所賜的全副軍裝，就能抵擋魔鬼的詭計。因我們不是與屬血氣的爭戰，乃是與那些執政的、掌權的、管轄這幽暗世界的，以及天空屬靈氣的惡魔爭戰。所以，要拿起神所賜的全副軍裝，好在磨難的日子抵擋仇敵，並且成就了一切，還能站立得住。（以弗所書6:11-13）她有點亂，到底神站在誰那邊？如果這個神（耶和華）和那個神（她不能寫出祂的名字）一如祂們的子民暗裡揣測般是同一個，那祂要如何兩邊站。在這個圍城（外頭的人想進來，裡頭的人不想出去），祂要開門還是關門？

經誦聲透過窗戶傳了進來，陳如藝打開房門。這是戒備最鬆散的時刻——碰到了人也不曉得是誰尷尬；況且塵埃落定了不是嗎？她已經幾天沒有晨跑。一路無人，也許是虔誠，也許見著周公或那個神。陳如藝推開酒店玻璃門（她們的心是玻璃做的，一旦破碎了，就難以再癒合），踏上睽違三天的外邊土地，深吸一口氣，開始跑起來。她穿著new balance，可怎麼能balance呢，現在是三十一對二十八，就算那隻鳳凰變回青蛙（還要她們深情一吻才又變回她們的人），也還有一個balance，吞食她們一整個蛋糕。唯有期望那位王子（世襲。不是青蛙變的）把蛋糕還原成麵粉，重新再搓，看搓出來是天秤還是火箭載著兩個月亮（作者注解〔這顯然是敗筆〕：以上皆黨徽）。但據聞殿下仰望那位父皇（即陛下）已被奉養，殿下擺擺手苦笑：模子在父皇那邊。什麼雞蛋糕！早知會被搶走還不如先啐它幾口口水，或裝個C4炸彈在裡面；陳如藝知道這麼想不對，但有時還真想炸人，一了百了。天上的主啊那個神，何時來毀滅這個城？懲罰這些外邦人。

天還未亮，她跑著跑著就看到了熟悉的那棵雨樹，頭上頂著一柄缺月（圓月彎刀是圓是缺？）；見鬼，怎麼跑到這邊來了。她掉轉過頭，就聽見引擎咆哮，就看見了那位聖戰士正朝她衝過來。（後來她才想到，這裡已是各方爭占的聖地。）

不由分說，轉身便跑，上了斜坡，直往雨樹奔去。回頭望，乖乖怪不得了，聖戰士停下摩哆追了上來。情急之下手足並用上了雨樹（多虧她鄉下出身，多少有點底），與樹下聖戰士對峙——你上來我跳下去，咱們再追五百回合。口裡這麼喊，心裡可沒底，這些聖戰士習慣成群結隊。語氣一轉：「你知道這是什麼地方？州政府大廈咧！守衛很快出來，很大罪的。」聖戰士眼泛青光（不曉得喝了什麼聖水）：「妳嚇我？這裡已經被封，大門那麼長那麼大的鐵鍊鎖頭妳看不到？守衛放假囉！」陳如藝一驚，心想真是大事不妙，但先過眼前這關要緊。「我丟錢下去，你走！」「先丟手機下來。」「我先把SIM卡抽出來。」「別囉嗦，快點！」「我不會丟身分證下去的。」「信用卡也不要妳的，錢統統丟下來。」

於是錢撒落一地，多像durian runtuh（巫華大辭典：榴槤墜地，意指不勞而獲），陳如藝看他拾得有點狼狽，這才發現他腿有點瘸。她心裡暗罵：撞斷了腿還敢騎摩哆。媽的巫桶收漏了的水！（作者敗筆二：巫統建議收編飆車黨，統統納為黨員，以免他們精力過剩到處惹事，偶爾客串攪奪匪豬籠入水。）

陳如藝很是懊惱：跑步怎麼還綁個腰包呢。她這才想起要到咖啡店吃早餐（rock'n roll的style），「早知少丟三塊錢。」

蒙宇哲小說：劈里啪啦的童年（未完成）

小明很想找個地洞鑽進去。他坐在最後一排椅子上，老師在黑板前說：「同學們，大家要記得，不要亂亂買街邊攤的水果來吃，因為很多蒼蠅飛來飛去，吃了會霍亂。」好幾位同學轉過頭看他，沒有轉頭的，他也覺得他們腦袋後面都長著眼睛，也在看他。他只好低下頭，卻看見隔壁小強傳過來的紙條：你媽的檔有沒有蒼蠅？

「同學們，你們知道什麼是霍亂嗎？」老師在黑板上寫了「霍亂」兩字，小威就站起來：「老師，是不是霍霍霍霍……霍元甲？」小麗舉手：「老師我知道，霍亂就是亂大便！」小強舉手：「老師我想跟你說，小明家是賣水果的。」

小明不知道他怎麼熬過這節課，只知道從這節課開始，他便有了個花名叫大便明。從小變大，從小便和蒼蠅脫不了關係。他又氣又羞，直到放學前都沒說過一句話，等到放學鈴聲響了才「啪」一聲大力把一張紙拍在小強桌上，衝出教室。紙上寫著：「你是章狼，和蒼X一樣髒！」

大便明成績很差，只有數學頂呱呱。他放學後不回家，要去幫媽媽。媽媽的水果攤就擺在學校路口，放學後生意很好。今天大便明卻怎麼也不想幫忙，他從學校後門出去，來到一個大草場，草場旁邊有一棵大樹，大便明不知道是什麼樹，只知道樹上開滿黃花。他把書包放在樹根和樹根之間圍起的小洞，一屁股坐進他熟悉的大洞，把自己藏起來。這個大洞正對著死雞河，背對學校，坐在樹洞裡沒有人看得見他。大便明常常來，他最喜歡看螞蟻搬家，他不知道為什麼螞蟻常常要搬家。他第二喜歡玩樹葉，撿起來手一刷，並排著的小樹葉就兵敗如山倒，一一掉落。這個樹葉有點像含羞草，含羞草他可不敢去刷。今天他什麼都不想看，什麼也不想玩。他在洞裡的樹壁上刻字。為什麼會有這個洞呢？聽說是給雷公打到的。他在洞裡刻：曾翎龍。這是他爸爸的名字。

中略。作者按：蒙宇哲繼續描寫大便明在學校如何被排斥，為大便明決定到城裡生活埋下伏筆。

蒙宇哲寫作筆記：此小說分兩部分，城鄉童年各半。為了突顯鄉居生活（設定讀者為城市兒童，會對鄉童感興趣），有必要為大便明度身打造兩三童玩，也好和未來城市生活作比較。或可挪用〈碎裂的遊戲〉，唯需改寫，隱去政治寓言及性暗示，置換哥哥，添加人物故事情節，成兒童淺白版。重點：大便明是被欺負的角色，好讓他的決定更具說服力。

碎裂的遊戲

作者按：蒙宇哲改寫兒童小說前的憶舊散文，收錄於《回味江湖》，印量一千，蒙宇哲家中尚存八百冊；有意拜讀者可聯絡作者，免郵資惠寄。

家住郊外新村，屋外有個草場放風箏。放學後把書包丟下，白線纏繞牛奶罐，椰骨固定在塑膠袋。哥哥拿著後退，一二三四五，六七八九十。放手，御風而行。

有時無風，爬上七層高的豆腐格，大鵬展翅，像郭靖飛越城池，只人不隨行。線交哥哥手上，跑兩步扯一扯，退到草場邊馬路旁，風箏還是軟軟飄下，如葉覆地。

期待家裡保溫壺快快報廢，放塊硬石頭進去，使力搖，酒保一樣。倒在昨天從膠園木寮偷偷收起的膠杯，再到柴堆抽出一支細的，拿塊破布罩住杯緣，鎚，不使它飛揚。然後煮漿糊，木薯粉和水，拾一紅毛丹枯枝，截成合適的長度，攪。加入玻璃粉末，再攪。

找樹枝丫子。地上找不著就上樹。把白線壓在它胯下，伸進漿糊。哥哥在另一端拉，這回用的是摩哆潤滑油罐，用菜刀破開，用鐵鎚鎮壓銳氣。夠大，可以唬人。線從破布中出世，已是脱胎換骨，鑄劍一樣。最好有太陽，快乾。可以上競技場了，不用塑膠或報紙風箏——沒人願意和你對打。到店裡買超人蝙蝠俠，鳳凰，還真能飛上天。要不就為它綁條尾巴。尋找仇敵，搭上了就傾斜潤滑油罐猛放線，毒蛇吐信有去無回，直至了斷。空中的江湖。

看見鳳凰飄遠了，立馬跨上一旁備用的腳踏車，也有人拔腿就跑。邊追邊抬望，測量距離落點。運氣好就不會掛在樹上電線桿，趕忙拋下還煞不住的腳踏車，一腳踩住：別動。然而也有人趕到了，一手扯住：我的。結果嘩啦一聲，一人一邊翅膀發愣。

風的季節遁去後，就在屋前沙地挖洞，伸入腳踝轉幾個圈，使它順滑。穿鞋從洞口起拖曳長直航道，約莫三個童年身長。石珠自己做不了，要到店裡選。最好有青筋凸起的，夠硬，殺傷力強。這和拾橡膠籽一樣，一手掌捏住一個往大腳裡擠壓，啪啦，總是有青筋的壓贏。

一個挨一個朝洞滑滾，後來才成形的隱喻。最靠近洞的便能先進洞，砰一聲，再進洞。砰兩聲，再進洞。砰三聲……事情總不是如此順利，有人開始藏匿。伺機而出，這便是等待和追求。方式也不一，有人左右手拇指中指拱住，雙龍吐珠似的。可以聯想到什麼？後來才知道。有人單手，拇指食指和中指挾住，鳥啄一樣彈了出去。哪個好，也不是姿勢可以定奪。

有輸有贏，卻是遊戲的真理。從一數到十，數不到的便要受罰。回到原點，再把石珠拋出，這回卻已不再神氣。進洞，也只是完成受罰的義務。多麼難堪，只希望石珠還能挺得住。下一回，還是有希望的。

多少個酷熱午後，幾位童男就這麼圍著一個洞打轉。成長航道內外，劃上了凌亂的腳印，已經不堪辨認。而進洞的石珠，將遭受最猛烈無情的砸擊。

劈啦。

蒙宇哲寫作筆記：最後這兩字應予保留，好應題。

劈啦！大便明蹲在茅房，鼓氣丹田，原本聚在屎桶屎面上眾多蒼蠅，被他劈里啪啦趕走。他趁媽媽不注意，偷吃了一塊西瓜，很怕會得霍亂。所以肚子一痛，也顧不得媽媽，飛跑回家。難道他們說的都是真的？蒼蠅吃完大便又去吃西瓜？大便明屏住呼吸，很快就忍不住又吸進了氣。這時他聽到阿公在外頭喊：

「阿明快點！你媽被車撞到……」

作者按：因字數限制，不得不中略。只簡述故事如下：明媽過馬路時一粒椰青滾了下來，她彎身去撿，說時遲那時快，一輛Proton Saga（巫華大辭典：國產車。音譯笨蛋傻瓜）急駛而至……，煽情場面不在話下，葬禮上大便明一直自責，直到一個人的出現擾亂了他的思緒。

難道他就是成績單上那個名字？難道他就是曾翎龍？難道他就是爸爸？大便明家住木屋，房間以木板隔出，有縫。他被叫進房後就把耳朵貼在縫上，聽聽裡大人說話。阿公、大姑、大伯是一邊，曾翎龍是另外一邊。那邊說要帶大便明進城，這邊不肯。這邊舊事重提，那邊試圖解釋。那邊說城裡種種的好，聽得大便明怔怔入神，但他不明白為什麼阿公不能一起去，難道阿公不屬於「那個家」？阿公不是爸爸的爸爸嗎？媽媽不是死了嗎？為什麼那邊還有一個，還多出大哥、三弟四妹五妹？為什麼曾翎龍先生大哥出來？曾翎龍（大便明習慣這樣叫他，他只是一個名字）說兄弟妹都會對他好，會有人對他好嗎？

大便明被叫了出來。他們讓他選，但他一直靜靜不出聲。這邊和那邊一直在哄在勸，最後他只問了一句：那邊的廁所有沒有蒼蠅？

離開前一晚小明睡不著。他終於可以擺脫大便和蒼蠅，心裡充滿期待。他已經想好了，到了「那個家」，把他的番石榴彈弓送給大哥，一棃棃的相片（上印寶萊塢明星，可以用來玩飛鞋。蒙宇哲按：這遊戲得加入小明童玩一種）全給三弟，那套家家酒（有膠擦煤氣爐、塑膠壁虎、貝殼鑊樹枝鏟）則給四妹五妹。

明天將會是新的一天，但今天還沒過完呢。

陳如藝繼續跑步。還好聖戰士沒要她的戰鞋，可經過一番折騰（上樹下樹），好像真的不balance了。無論如何陳如藝還是跑到了警察局——她知道報案不會有結果，她只是有義務多增一筆治安敗壞的數據。但她未能如願，警局大門深鎖。咦，不是二十四小時執勤的嗎？突然想起路上經過的警車：不好，他們竟全體出動，怕是去鎮暴了。鎮誰的暴？中央政權管警察，鎮的當然是她們這個地方政府（已經岌岌可危，不容她們垂死掙扎）。

她想找電話，通知同志們應變，但手機革了公共電話的命，她唯一找著的電話亭，裡頭的話筒已被人連根拔起。她跑到咖啡店，向老闆借了手機，悲哀，一個號碼也記不起來。她問：「老闆，你電話可以上網嗎？」老闆一臉茫然：「電話怎麼上網？」她嘆口氣：「你該裝wifi了，現在都已經網路時代。」老闆答：「YB（巫華大辭典：Yang Berhormat縮寫，官稱，意指尊敬的），妳還有心情開玩笑，聽說今天要變了？」她苦笑。變或不變，先來一杯咖啡烏❶兩個生熟蛋。想起沒錢：「痾蛋！」（巫華大辭典：hutang，賒帳）

這又想起，原來SIM卡還在腰包裡（感謝聖戰士），趕緊又借來手機，接通後只聽得人聲嘈雜，叱喝連連。「什麼？……妳在哪裡？……我們進不去！啊……他們丟催淚彈了……什麼？……什麼王法，他們就是王法……什麼？……什麼民選，大得過王選嗎？Oh shit!……我……我中胡椒噴劑了！……我們要撤退……酒店會合……」

滴……。

人群圍上陳如藝——這些是忠的，忠厚老實被人欺。「讓開讓開，先讓ＹＢ吃飽好打仗！」一生熟蛋上來了，她撒了些胡椒——這真是好東西，怎就有人拿來使壞？不合時宜的，她在此刻頓悟了從政以來最大的真理：無關醬油胡椒，手段才是王道。

沒完沒了的會。只是原來的抗敵，已轉為復辟會議。結束忙碌的一天，換回熟悉的寂寞。陳如藝回家，蒙宇哲不在，她突然很想做愛，月來事忙，又碰著蒙宇哲寫兒童小說（他說做愛沾污童身，身不潔心必邪），而後被酒店關了幾天，她們活在柏拉圖的洞穴裡——形而上的精神生活，不談政治（他說她們是烏透邦），不做愛，只存在。

陳如藝對蒙宇哲寫兒童小說頗有微言，他說他要賺錢（兒童小說可賣五萬本），她卻想，那是他抗議她執政的行為藝術（「寫一本用不著六個月，卻等於當六個月的州議員」），他是永遠的反對黨。如今他們又站在了一條線上，不曉得他小說中的孩子能不能長大。長大了又如何？男人只是大一點的孩子。她按開電視，總警長大義凜然的說：「我們絕對中立。鎮壓是為了人民安全，國家不亂。」算了，他只是大一點的孩子。

門被打開了，陳如藝換台看港劇（精神生活一種），蒙宇哲腋下夾著份晚報進來，這讓她驚訝。他問：「後來呢，後來怎樣了？」後來？後來他們都哭了。她笑著問他：「你的小說寫完了？」蒙宇哲不答，轉了台，首相廣闊的臉搭著兩撇鬚（每次都讓她想起蒙古大草原），說：「我們尊重民主。民主是少數服從多數。」她起身沖涼，蒙宇哲問：「民主值多少錢？」她回頭看他，頭髮日薄西山：「我不知道。民主是一隻青蛙。」

他們躺在床上。蒙宇哲說：「青蛙是個爛比喻。民主是三隻小豬。」

「團結就是力量。」

「不團結也是力量。」

「你的小說寫完了嗎？」

「妳要不要去買手機？」

「有好介紹？」

「我知道一個，但他也許不賣了。」

「為什麼不賣？」

「他老闆今天成了反對黨。」

「反對黨不好嗎？」

「他們政見不合。」

「非得要這樣分裂嗎？」

「分裂是重整的基礎。」

「一個馬來西亞？」

「別逗我笑了。」

「你的小說寫完了嗎？」

「我們恐怕該讀讀塞涅卡❷。」

「你的小說到底寫完了嗎？」

「我決定把它推翻。」

「為什麼推翻？」

「我想起寫作的初衷。」

「什麼是初衷？」

「長大。」

「長大是什麼？」

「長大是，一個不斷推翻自己的過程。」

「那我們現在是三位一體了。」

「哪三位？」

「政治，文學，生活。」

「是二位一體。生活是1。」

蒙宇哲翻身壓了過來。

「現在是1比0。」

陳如藝喘氣。

「0比1。我會扳回來。」

前戲完畢。她／他們開始做愛。夜正漫長。誰被誰欺壓？且待下回分解。

❶咖啡烏：馬來語Kopi-O，免奶咖啡。
❷塞涅卡：Lucius Annaeus Seneca，約公元前四年—公元六十五年，古羅馬時代哲學家。

風情無人處

——父母與周薦安的交往——

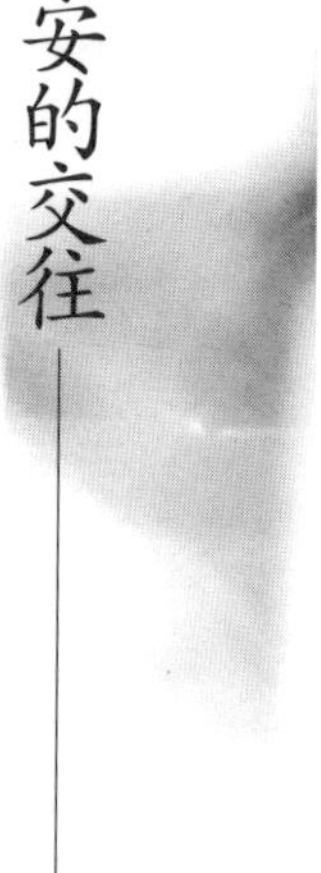

我出生於一九四八年，三年後遷入雪蘭莪州錫米山新村。村裡屋子多用木板和亞答葉草草搭就，入口處的警察局有洋灰磚墻，卻也只及大人腰際。警察局旁邊約二十米處，建有兩幢雙層石磚屋，右邊住著父母和我，及海南廚子老余。左邊住的，便是周薦安周叔一家。

再往左去，便會碰到帶刺的鐵絲網籬笆（barbed-wire fence）。籬笆高過人頭，上面捆滿三角鐵釘。籬笆外有死雞河流過，死雞河後邊，是綿延似無盡頭的森林。

一九六〇年我離開錫米山，三十年後馬共徹底放棄武裝鬥爭，我攜妻兒、母親重返故里，頗有蘇軾「對此間、風物豈無情，殷勤說」的況味。父親和周叔先後離世，此間情由，青年壯志，當歌對酒竟留連。每憶及深處，又免不了哽塞，正是——十年夢、屈指堪驚。

哪堪屈指，暗想從前

彼時父親任民主同盟青年團團長。五十年代起，殖民地政府遵行「畢利治斯計畫」（Briggs Plan），將眾多墾民、膠礦工等圈集，限住於新村，並施行宵禁和戒嚴，以斷絕馬共補給。

一九五二年地方議會選舉，父親中選為加影市議員，隨即受委為雪州新村聯委會常委，入住錫米山新村，負責協調新村軟硬體設施、居民福利，及監視馬共動靜。

殖民政府在每個新村都進駐了軍警，所以後一任務，父親其實甚少參與。然而家在新村，馬共是不能宣之於口，卻又迴繞不去的名詞。新村閘口哨站、公共廚房（Communal Kitchen）、米牌、登記（身分證）等，背後都藏匿馬共身影，與生命攸關。我最初的記憶，偏偏就與馬共牽連。

新村閘口是錫米山新村唯一的出入口，每天早晨天剛亮，可見膠工推著腳踏車一一經過閘口，由於膠林多處森林邊緣，檢查特別嚴密，膠桶、麻包袋、便當等得一一掀開。膠工出了新村不多久，人數更多的礦工又已在閘口前排成長長一列，取出登記核對身分，到不遠處的金沙溝採礦，或洗琉瑯。

那時我大概六、七歲，特別喜歡坐在屋外鞦韆上，看形形色色的村民出門討生活。一天，人群中突然起了騷動，馬來警察叫喊著，工人們四處散開，趕忙都蹲下來了。我感到危險，退到周叔屋前，又退到鐵絲網旁。怎知一人朝我奔來，我情急下一個腳步不穩，跌向鐵絲網，下意識伸手去撐，手心刺痛傳來。此時槍聲響起，試圖攀爬鐵絲網那人，重重跌在我身旁。我嚇呆了，怔怔看著——永遠也忘不了，那攤混在沙土裡的血，和那人臨死前一陣的抽搐。

周叔首先跑到我身邊，一把抱起我，看見爸媽也出來了，並不放下，直把我抱進家裡籐椅上，囑母親快拿藥來。後來母親說，是周嬸為我包紮傷口。我記得那白紗布，跟著我好幾個星期，像是漂亮的裝飾，又像英雄事蹟。傷口結疤後，周叔說，那是光榮的印記。若不是我阻得一阻，那位共產黨便要逃了。

那是我記得的，和周叔最初的接觸。我還記得在他懷裡時，受驚嚇後被安撫的安全感，以及從側邊看他，他那著名的順風耳——又圓又大，像兒時玩的芋頭葉，滴水在上面，可以滾來滾去。

類似的共產黨事件並不常發生。一九五七年八月三十一日，馬來亞宣佈獨立，馬共喪失了鬥爭目標，靜靜蟄伏森林。一個國家誕生了，歷史從此改寫。執政的民族陣線，是英殖民政府屬意的右翼勢力；在野的工人黨奉行社會主義，不乏馬共同情者；而父親所在的民主同盟，走的是中間路線，所謂「第三條路」。

何謂「第三條路」？我在父親一九六〇年五月五日的日記裡，看到了他和周叔因內安法令❶而起的爭執：

5/5/60——

至薦安處，詢問為何不登〈內安法令與中西藥〉❷一文，答四月二十七日國會修憲激辯後，民意所向，登此文不妥。我說，正因有所爭議才著文。薦安怒問：「難不成你同意『任何反對修正憲法者都是擁護共產黨，且接納共產黨的思想』？」

第一次見薦安動怒，我怔住了。答：「這不是我說的。你知道我不是這個意思。」

「這是民陣的暴力二分法！我怕你和他們同一陣線了。」

我也被他這番話激得有點動氣：「我走我的第三條路，怎麼就跟他們走到一塊了？」

他說：「我就不明白，好歹你也是留美的，不就自由派麼？怎地支持惡法。」

我看他也來二分了，也惱了：「我就是留美，就是不認同共產黨。」

他竟「砰」一聲敲碎了杯蓋：「你倒說說看，共產黨怎麼壞？不愛國麼？怕他們比你我更熱血。」

我緩了下來：「薦安，你是民盟啊，不該這麼說話。立意正、初衷好，不代表結果不壞。我們向來的共識，是反共反民粹。共產黨或會是中國不得不走的出路，可國情不同，你忘了我們的多元種族？馬共一直鬧下去，國家不得發展；但民陣這麼發展下去，表面上是各族合作，各組政黨連成一線，只是這合作關係何等脆弱？各有訴求，最後聽誰的呢？各族裂痕恐怕未能縫合反被扯開，沿襲的不就是英政府的分而治之？」

見薦安不作聲，我續道：「工黨循社會主義路線，那是脫離現實，又豈會有未來？國家的未來，應該建基於一個國族。一個馬來亞國族。先不忙說自己是華人、馬來人、印度人，首先要確立的身分認同是：馬來亞國族。國家是大的，沒有國家，談不上民族。」

薦安說：「你說的我都認同，可回到內安法，那是法，是制度，壞的制度定了下來，豈有善了？」

我一直思索薦安這句話。他說的確實是理。制度是死的，執行的人還活著。只是，在某些特定的時刻，我們也只能期待人和事都往好的方向執行。

一九五五年，周叔經父親舉薦加入民盟。他畢業於馬來亞大學歷史系，留校任教九年，著有《東亞共產黨鬥爭史》、《馬來半島回教傳輸與發展》等書，父親常笑他也讚他：周旋宗教與鴉片間，不分青紅皂白，理直氣壯。一九四八年，殖民政府宣佈緊急狀態令❸，他回到錫米山，看著祖居周圍被鐵籬笆圍起，從此成了新村人。

他是第三代華人，太公南來後先是採礦，加入海山幫成了小頭目，後得甲必丹❹賞識，管起了礦場。他父親周榮老先生，在我印象裡一直都是老的，但老而生威，常常拄著根枴杖在屋外散步，坐在屋旁紅毛丹樹下木椅，靜靜凝望靜靜的死雞河。我們都怕他，有著和周叔一般的濃眉，但垂白，隨臉上肌肉鬆垮下來，偶爾我們玩鬧時他會轉過頭，像是瞪視，嚇得小孩都噤聲。我們背後叫他：周老怪。

周叔卻是可親的，濃眉在他臉上是上揚，如掛著兩道笑容。他回家繼承父親的礦場，也許有現實利益的考量，翻建祖屋時多建了一間，供地方政府派來的官員（即我父親）入住。所以，他還是我們的屋主，只是從不收租。

村裡九百餘戶人家，逾半是他的礦工。新村還未成形時，他已籌建錫村華文小學，我的母校。學校幾乎和他的新家一同建好，有次放學回家，正好遇見他和父親在客廳談天，他一見我便喚我過去，問我：「小哲，你說，你喜歡你的學校嗎？」我說：「喜歡啊。」他滿臉都是笑，說：「但是你父親啊，還怪我起的不是英校或馬來學校呢。」我好奇地問：「馬來學校？可是我們這邊都沒有馬來人。」周叔笑出聲來了：「小哲說得好，周叔送你一本字典。」得意的把字典交到我手上，轉頭對父親說：「就等馬來人住進新村後，我再建馬來學校吧。」

這是一本巫華大辭典，扉頁上有周叔的鋼筆字：「給小哲：努力向上。一九五七年三月四日購於大書局。」雖中學畢業後已無用處，我仍一直留著。

父親的教育理念，早在一九五五年的〈試論國家教育制度〉❺一文中有所闡釋。他堅持應以英文為教學媒介，但他理想的教育模式未能實現。《一九五七年教育法令》奠立了馬來文的地位，立意以馬來文為國語。

「圍村」政策有效地阻絕馬共後援補給，一九六〇年，緊急狀態解除。同年，為了方便我升學，我們一家搬離錫米山新村。其實，搬離的原因，多少牽扯到周叔。

一九五五年，父親倡議辦《錫米雙週報》，周叔大力支持，從外邊弄來油印機，請了一位印刷工頭負責操作和維修，印刷時又找來幾位礦工幫忙，很快便辦了起來。每期印兩大張，封面多刊國家及馬共新聞，封底是新村大小事，及國際錫膠價起落。村民識字率不高，報紙雖是免費派送，卻乏人問津。於是周叔動了腦筋，增加了一大版〈學生園地〉，派到學校，報份激增到八百份。

〈學生園地〉由母親主編（她兼任小學老師），臨近印刷的日子，總看她忙著批改學生作文，改好後便遞給我，我負責遞到師傅手上。那時的印前製作是「執字」，我喜歡看師傅七手八腳、亂中有序地抓抓抓，尤其若有我的文章，更是目不轉睛看他一粒一粒字排好，等到一張張報紙出來，喜孜孜聞著油墨香，拎回家讓母親看。

非常時期，報紙是受監管的。印刷好後，父親和周叔得拿一份到警察局，讓馬來警長「過目」——略略翻譯，讓他知道內容。這位局長，我們叫他Ah Mat，挺著個大肚子住在局裡宿舍，輕易不出門。他的要求很簡單，對政府要報喜不報憂，對馬共要報憂不報喜。偶爾有些內容逆他意，也不難，塞錢了事。

他有位頂頭上司，是英政府軍官，我們稱「鬼佬王」❻。周叔已長得高大，應有一米八，他還比周叔高出兩個頭。平時多住在加影市區，無事不常到村裡，村裡事都交由Ah Mat管。

我印象中的周叔，從來不愁錢。除了建校辦報，新村剛圍成時，政府諸多設施做得並不完善，都是他帶頭去爭取，而爭取的對象，就是父親。父親是受委的「福利官」，但權限不大，只能當個中間人。每次周叔到家裡找父親，隔日父親便要到加影市區和政府開會。一九五二年二月二十三日及二十四日，父親日記如下：

二十三日

進城提錫村八個要求：一、增加巴刹三個公共水喉頭；二、在巴刹後邊建一籃球場；三、撥款錫村華小建教師宿舍；……六、改善皇家廁所❼衛生；七、疏通村裡阻塞溝渠；八、提高米牌購米限量至每戶每人十斤。Ashley（注：鬼佬王）駁回五項，只一、六、七允准。

二十四日

見蔫安，商議昨日遭駁回事項，決定先著手建成教師宿舍。

搬入新村初期，父親和周叔的交往，多屬公務。從公務來往間，父親對周叔的慷慨及熱心，總是讚賞有加。他多次跟母親說：「鷹安啊，很夠意思。」而除了有錢、肯出錢，周叔還是一位學者，一位知識分子。這對偏居新村的父親而言，更是難得。且他對時局和政局的看法剖析，很對父親的胃（至少當時是如此），慢慢的，兩人開始深交。

一九五四年，我們兩家做了件得意的事。先是周嬸的建議，說屋後河邊空著大片地，不如種些菜。父親一聽興致也來了，覺得要種，不如多種些，也好惠及村民。彼時糧食都是限量購買，雖不至於吃不飽，但緊急狀態還未解除，選擇不多，偶爾有錢也買不著。殖民政府並不反對村民自耕，卻也怕多餘食物流入共產黨手中，所以絕不鼓勵。周叔一手籌畫了「開墾」工作，帶著一大班工友除草燒地，推高泥土成一行行菜畦。又購入各種菜苗種子，都是易種易長的，如黃瓜、長豆、空心菜、樹仔菜、番薯、茄子等。僱用午後待家的膠工務農，很快的便見成績，種出的菜便宜賣給村民，補貼工錢、肥料等用費。母親常帶學生到菜園幫忙，當作課外活動。每逢週末，父母和我，周叔周嬸及兒女志勇曉屏，都要下田，撿毛蟲拔野草。第一次收成時，我割下自己種的黃瓜，偷偷藏起一條在房間抽屜裡，看著它慢慢萎縮變小。那些勞作的日子，為了遮陽，大家都戴起了藤編斗笠，如今看見黃瓜，或吃著某樣菜時，還會憶及當年一顆一顆斗笠在菜園裡移動的光景。

加入民盟後，周叔與父親來往更見頻密。每個月最後一個週日，民盟黨委都會集聚我家開會。常來的有副主席廖雲彪、青年團兩位副團長張強生、尤索夫（Yusuf Daud），以及古拿（R. Gunaratham）、阿旺（Awang Antong）、邱世銘等人。這批人通常會在午後陸續抵達，三時開會，六時便吃晚餐。眾人坐下後捧了茶，母親會到廚房幫忙。周嬸及她的廚子曾運師傅也得加入，菜單早在前幾天由母親和周嬸擬定，交父親過目，再讓周叔去張羅食材。每到這天我都特別興奮——又可好好吃一餐。錫米山新村多是客家人，運伯也是，做出的木耳炸豬肉，軟綿入味，香熱時入口微微燙舌，滋味懷念至今。每當滋聲大作，便知運伯又在炸豬肉，原先坐在客廳有一句沒一句閒閒聽著的我，都會被牽引到廚房。炸好的豬肉會放在油篩子上，待熱氣散去油滴乾，運伯朝我點頭，我便會快速撿起一塊放進口中。這時母親會笑著搖頭。

老余負責尤索夫和阿旺的食物。他們都吃些什麼，我不記得了。或許也曾好奇地嚐嚐味，卻怎麼想也想不起來。

我記得的，還有釀蠔和春捲。前者是張強生最愛——麵粉滲水和了肉泥，搓揉成橢圓狀，比雞蛋略大，中間塞入一隻大蠔，炸至香黃。因其形似，張強生特地為此食物取名「手榴彈」，還想了個順口溜：「吃了手榴彈，不怕共產黨！」我更愛春捲，豬腸裹住肉泥沙葛❽炸起長長一串，再以刀傾斜四十五度切開一片片，切時聲脆香溢，對準我童年味蕾。張強生又想了一句：「吃過炸春捲，春天不會遠。」

風露漸變，春光遠

除了張強生，印象最深刻的，便是廖雲彪。他是周叔的同行，在近打谷甲板經營礦業。第一期《民報》❾出刊後，大家都很高興，廖雲彪建議一同到周叔的礦場看看。於是在周叔帶領下，一行人浩浩蕩蕩走到金沙溝。

我吵著跟了去，也不是沒去過，但這次有廖雲彪和周叔講解，自是不同。直到今天，我仍對第一位鑿開金沙溝的發明家，懷有無限的敬意。那些密閉疊嶂的岩層，曠時日久靜默著，某日被鑿出了光。

彼時採礦用的是水筆，戳向山的心臟，水土牴觸時彷如煙花爆開，山泥崩陷。泥水經水泵抽高，湧瀉出閘，閘口便是一排排金沙溝，每條溝都斷成多截，相距兩尺便是一道凹槽，讓較重的錫苗沉落，讓水帶走較輕的其他。如是流經一道道凹槽，到達溝尾，錫苗幾已篩落殆盡，讓婦女們洗硫琊補貼家用。

一九五七年，父親在民盟中央常委會上，倡議辦《民報》、委周叔任主編。前議獲得通過，惟主編人選出現爭議。父親十月八日的日記寫道：

創辦《民報》獲准，惟雲彪反對蕭安任主編，謂其入黨日淺，尚待觀察。有數人附和。我堅持唯才是用，黨正值用人之時。且蕭安願意負責辦報經費。沒想雲彪竟說，經費他也能出。數番爭持不下，蘇仁（注：N. Surendran，時任民盟主席）議定表決，結果九票對六票，贊同。

父親當時以為廖雲彪對周叔，難免存有同業相斥心理。直到一九六一年父親被捕，才知他另有顧慮。事發後廖雲彪每次見我母親，便要愧疚難過。「邦彥（我父親）錯看他了……可恨啊，我要阻也阻不了。」

一九五九年八月十七日，村裡發生了大事。我翻查父親的日記，只寫了短短幾句：

一夜無眠。對與錯原是不容混淆，卻是逼到眼前，才知惘然……

當天是週日，民盟開會的日子。主要議程是《民報》的發行問題。《民報》在周叔主事下，常邀集學者專家評析政經課題，觀點向來犀利，影響力日深。這引起民陣政府及前英殖民政府不安，發行全國時有阻攔。獨立初期，前英軍官仍駐留，加影市仍是鬼佬王管轄範圍。《民報》在加影印刷，印後需讓政府審核。不像Ah Mat，鬼佬王並不受賄，且有專用翻譯員，遇有不滿會扣押報紙。於是，周叔提議宴請鬼佬王，聯繫好關係，將來好辦事。

對我家來說，這算是一個大日子——入住以來還未接待過「外賓」呢。於是全家嚴陣以待，選了最好的紅茶，換上最好的衣服。平時宴客，大家偏愛曾運師傅的客家菜，此回形勢逆轉，老余終於可大展身手了。父母商議後，決定先上羅宋湯，再上海南雞扒。鬼佬王似乎也很滿意這次的招待，席間談笑風生，對民盟的建議和要求，也都有正面回應。

七點關大閘。民盟廖雲彪、張強生等前後腳走了，鬼佬王留下來喝茶閒聊，或許和曾留美的父親投緣，且也算共事多年，卻是第一次拜訪。

送走鬼佬王後，正在收拾殘局，忽然一聲槍聲劃破了黑夜，隨後又有幾次槍響。我們都嚇得不敢出門，趕緊走到樓上我的房間，開窗遠看，卻是黑暗一片，只聽得離閘口不遠處有叱喝聲音，一場騷動開始了。

閘口前高高的瞭望台，鳴起長長的笛聲。第一次，錫米山新村施行了屋內戒嚴（house curfew）。過不多久，Ah Mat領著一群警察來找父親和周叔，一改平時隨和談笑的態度，一臉嚴肅說，鬼佬王遭暗殺了！

剛剛還活生生的一個人。他用過的盤碟還沒洗呢。Ah Mat循例搜了我們的家，叫周叔和父親陪同，要沿家逐戶地搜。我和母親在家裡焦急地等著，許久不見回來，我睡著了。

隔天，屋內戒嚴持續，村裡人都不准離開家門半步。據父親說，行兇後馬共沿死雞河逃跑，警察在一處鐵圍籬上發現血跡，相信兇徒潛入了錫米山新村。擾攘了幾天，搜索行動以失敗告終，兇徒宛如憑空蒸發。

此後父親和周叔時有爭執，主要是因《民報》事務，從父親日記中看出，他與周叔在辦報理念與政治觀點上，分歧漸大，漸行漸遠。一九六〇年，緊急狀態解除，不久後我們搬離新村，到民盟的據點八打靈定居。父親準備翌年競選民盟副主席，許多事情要忙。我剛到陌生地方升了中學，新的生活開始了。

很快就又結束。一九六一年十一月六日，距民盟改選只剩幾天，幾位政治部官員上門，以內安法令為由扣留了父親。此去，便是八百三十七天。

最初的幾個月，我和母親在廖雲彪及民盟朋友陪同下，到處奔波，試圖營救父親。周叔一直沒有現身，後來才知道，父親被捕後不到一個月，周蘼安也在同一法令下被捕。而父親被捕，竟是周叔告的密——

周叔竟是一位共產黨員。

而他密告的內容竟是：蒙邦彥是一位共產黨員！

受父親拖累，廖雲彪競選民盟主席失敗。當時他與父親結盟，組成「廖蒙」團隊，形勢一片大好。他說：「我和邦彥反共旗幟鮮明，馬共不願我們勝選。」

在惶恐與焦急中過了兩個月，我們才獲得放行，與父親見面。他向我和母親講述事發原由：

「兩年前鬼佬王被殺，我和周薦安陪同警察搜屋，一直查無所獲。來到豬寮時，Ah Mat已經快放棄了，見是豬寮，只叫我和周薦安進去看看。我們進了去，見其中一格豬寮似有異動，忙走前用手電筒去照，結果發現村民阿生，周薦安的礦工，也幫忙印過《錫米雙週報》的，滿臉污垢、雙手都是血的藏在豬群裡。我當時吃了一驚，剛要呼叫，又猶豫起來。望向周薦安，只見他也望著我，神情堅定，緩緩搖了搖頭。我們就出去了，向Ah Mat報告裡頭沒人。

當時守衛森嚴，但阿生終究沒被捉著。我暗地裡已對周薦安起了疑心。沒料到他真是馬共。他抖出這事，說懷疑我私通馬共，還捏造了我和馬共來往的信函。他應該想到啊，政治部會懷疑我，又怎會不懷疑他呢？」

舊遊似夢，煙水程何限

父親獄中日記，2/12/1961：

平生二錯。一錯信內安法，它捉我。二錯用周蕙安，他誣我。

父親遭扣留期間，我和母親搬到甘文丁，就近看顧。獲釋後，幾年間嘗試狀告政府非法扣留，惟始終不受法院審理。從此，父親對所謂的「三權分立」（行政、立法、司法）徹底失望，壯志付流水，舉家搬到太平。

一九八七年父親逝世後，我和母親翻看他留下的日記，不禁都眼眶泛紅。

他一生反對共產黨，最後竟以共產黨員的身分死去。

想起周叔，我不免怨恨。但母親早已看開，她說：「你父親日記上所記，只是一時的氣話。」相比父親，周叔遭扣留長達十八年，直到一九八九年，馬共與政府簽署和平協約後❿，才終於獲釋。有時我想，他和父親命運何其相似，父親汲汲營營追隨「第三條路」，而他隔著一條死雞河眺望對岸荒山雨林，投擲過去畢生情感心力，最後兩人都落了個抱憾而終。

我們兩家多年不曾聯絡，馬共放下武器後，卻收到志勇一封信，說父親病重，懇請我們回錫米山探望。我問母親的意思，她說已經這麼多年了，也該見見老朋友。「你父親在世時常說，他反對的是共產黨，不是共產黨人。」

錫米山新村已然變了一個樣。閘口及瞭望台都已不見，小時周叔領我一級一級踏上，櫛比的屋頂紅紅褐褐鋪排開去，濁黃的河水蜿蜒流過，復流往邈遠不知處。前邊青綠的森林阻擋了視線，影影綽綽的，閃進當年小小眼瞳裡，小小的恐懼。回頭遠眺，已是依稀不能辨識的，蒼茫的底色。

村裡都鋪上柏油路，亞答木屋多已修繕或重建，溝渠也以洋灰水泥堆高。一番新氣象，倒顯得舊址兩幢樓有掩不住的風塵。我是有點近鄉情怯了，呆呆望著，思緒無能靜止。舊家已改為布帛店，一女人看見了我們，急急轉往家裡。不久，一家人都出來了。我們走前、相認，彷如劫後重逢。周嬸緊緊握住母親的手，良久說不出話。待要說，淚已先流。

躺在病榻上的周叔，面容枯槁，像是三十年前一別，已經一年一圈地瘦了下去。而此刻，時間是靜止的。歷史寫到這裡，已經要翻過一座山頭。這是一個年代的終結啊。周叔顫顫的手微微移向我，我伸手輕握，感覺他的手指抖動著，摸索著我的掌心。霎時我已明白，湊近他口邊，幾不可聞，但他是說：「血……血……」

是的，那是血的印記。

我想起父親這麼總結他的一生：「在大的理念上，我或許是對的。然而大的理念沒實現，歷史由一個又一個的錯誤鑄成。」

黃昏斜照水

政治部翻查周叔家時，在書房底下發現了祕道。這祕道一直通往死雞河對岸，出口在一棵大樹盤纏的根。周老怪趺坐祕道旁喃喃自語，一直重複著一句話：「崖賴子係共產黨……崖賴子係共產黨……」（我兒子是共產黨）

說起舊事，志勇已不激動。「我們當時都嚇哭了，不知道往後日子更苦。」賤賣礦場，營救無門，母親病倒，阿公逝世……。我想起我們向來懼怕的周老怪，不知何時僅僅只是一位可憐的父親。「還好，都走過來了。」如今他和妻子經營布店，曉屏外嫁加影，常也回娘家。一切又回到生活的常軌。

鐵圍籬早已拆除，不留一絲痕跡。紅毛丹樹也已鋸倒，只剩下一截平滑粗大樹幹，上有象棋棋盤：楚河漢界。死雞河上搭建了一座橋，從這裡到那裡，不過二十步距離。底下卻有條甬道，封堵著四十年時光。

晚飯後，我帶著妻子如藝、兒子小駿沿死雞河散步。河邊依舊，長滿了野芋頭。小駿吐了口水在野芋葉上，伸手捧玩。手一滑便已掉落，遁入土裡不見了。

承載著多少人事，死雞河靜靜，望著漸漸泛黃的天。

❶〈內安法令〉（Internal Security Act, 1960）：〈一九六〇年國內安全法令〉簡稱，賦予內政部長權力，以「威脅國家內部安全」為由，在無須審訊的情況下，將一個人扣留六十天。六十天過後，若內政部長認為有必要，可無限期繼續扣留。

❷〈內安法令與中西藥〉摘錄：中藥固本培元，西藥治標不治本，前者似優，然重點是：時間。國家未立之時，馬共功過，應待後人評之。而今國家初立，馬共隱匿森林，確為國之發展隱憂。內安法於特定時刻對付特定人士，雖無須審訊惹爭議，然言明馬共為唯一對象，只要執法嚴明，對症下藥不禍及其他，似可試之。

❸緊急狀態令（Emergency Regulations, 1948-1960）：日據時期，馬來亞共產黨及其武裝部隊——馬來亞民族解放軍參與抗日。日軍於一九四五年投降後，馬共與重回殖民地的英政府時有衝突，隨後更遁入森林作武裝鬥爭。一九四八年六月十六日，三名英國人被殺，兩日後，英政府宣佈全國進入緊急狀態，並執行「畢利治斯計畫」（Briggs Plan），圈立新村，強行遷移五十餘萬人入住，其中多為華人，以斷絕馬共補給。

❹甲必丹（Kapitan）：殖民政府任命的華僑領袖。在馬來亞，葡萄牙、荷蘭和英國殖民政府都曾經設置甲必丹的職銜，負責管理和解決華僑的各種民事糾紛。到了十九世紀，甲必丹在英屬馬來亞的權力和影響力進一步擴大。一九三五年以後，甲必丹制度在英屬馬來亞全面廢除。

❺〈試論國家教育制度〉：

「國家獨立之初，教育自是頭等大事。……《一九五二年教育法令》（The Education Ordinance,1952）接納《巴恩報告書》的建議，宣佈以英、馬來文媒介的國民學校取代華、印文學校，結果遭受非馬來族激烈反對。……《一九五四年教育政策白皮書》針對『在多元種族社會中，應採用哪種語言教育，才能達到各族溝通、了解、融合的目標？』提出了四個選項：

一、以母語教學，同時學習英文，以英文為各民族溝通的媒介。
二、廢棄母語，只採用英文教學，以英文為各民族溝通的媒介。
三、以馬來文教學，同時學習英文，以英文為各民族溝通的媒介。
四、各民族同時學習華文、英文、馬來文。

站在華、巫、印三大民族立場，第二項斷然不可選，第三項也必然為華、印二族拋棄。第四項乃『三語政策』，但排除淡米爾文，且沒焦點，三語並重過於理想化。依此看來，似乎唯有第一項可行。只是，這個選項實為『各自為政』，其中的融合溝通，效果不彰。

須知語言乃民族之魂。學習母語乃天賦人權。然身處多民族之國，各民族的身分認同，應該推高『國族』。於焉，我們尋找的是國族之魂。該用什麼語言來搭建這『魂』呢？巫族占多數，卻是僅僅過半的多數，而馬來文以語言學來說，確實頗有不及華文的地方……但也斷無多數人學少數人語言之理。回到起點，回到以教育融合各族的宏旨，英文無疑是更好的選擇……。蓋它是外來，沒有誰優誰劣的爭執，沒有誰主誰副的猜疑。以英文教學，同時學習母語，以英文為各民族溝通的媒介。一個國族，各自表述——以英文為共通語構建國魂，以母語維護各自民族的根。」

一九五六年，《拉薩報告書》（Razak Report）出爐，重點是承認三種語文源流學校並存，各以其母語為主要教學媒介。不過，多源流政策不是最終目標。報告書第十二條指出：「本邦教育政策的最後目標，必須是集中各族兒童於一種全國性的教育制度之下，在這種教育制度下，本邦國語（馬來文）為主要的教學媒介語。為達到這目標，不能操之過急，必須逐漸推行。」

《一九五七年教育法令》（The Education Ordinance,1957）奠立了馬來文的地位：「立意以馬來文為國語，同時保持並維護本國境內馬來人以外的其他定居於本邦的族群的語文及文化。」

我從錫村華小畢業後，以馬來文為教學媒介語的計畫，已經「逐漸」推行並落實。各語文源流學校只限於小學，到了中學，華文、淡米爾文及英文，都成了科目一種，其他科目都以馬來文教學。父親的教育理念或有爭議，然而落實了的教育政策，其「融合各族」的宏旨，終究未能達成。常常就是這樣，歷史的轉折處只要稍微一個變向，便是「時間之流」般無可挽回、無能比較的從前現在和以後。

❻「鬼佬王」（Ashley Cole,1912-1959）：英軍少將，一九五四年起任「畢利治斯計畫」（Briggs Plan）雪蘭莪州執行官、雪州新村聯委會主席。一九五九年八月十七日遭馬共暗殺。

❼皇家廁所：俗稱「皇家屎坑」。新村時期，廁所採公用形式，以四間相連為一座，供十數戶人家共用。最初是挖掘土洞，深約十尺，如廁時可直接便入洞內，糞便填滿坑洞後再埋起來。其後改為人工倒屎的廁所，但外觀形式不改，仍是一座四間的公廁。（引自潘婉明《一個新村，一種華人？》第一百四十頁，大將出版社，二〇〇四）

❽沙葛：即豆薯。

❾《民報》：一九五八年一月一日創刊，印行四大版，高峰期印量逾三萬。初期以華文出刊，一九六三年改華文、英文雙語對照。歷任主編周蔫安、廖雲彪、R. Gunaratham、邱世銘。一九六九年停刊。

❿一九八九年十二月二日，馬共與政府簽署和平協約，放下武器，結束內戰。

暗中

蒙宇哲已經年老力衰，開始注重健康。兒子就住隔壁公寓，偶爾載他到報館，出席什麼養生、某某療法講座。也就在某某講座後，他接觸了神奇的棍針過穴，向那位老中醫買了塊羊角——據說是自己研磨的，無事這裡那裡按按刮刮，可延年益壽。

他首先想起的，是年少的江湖，什麼隔山打牛，隔空點穴，千百隻蟲子在體內噬咬，需運功過穴一周天，復得行動自如。養生講氣，生生不息——他原想練太極，但太極得模仿，總不成讓人扶手挪腳的擺出姿勢；真箇擺得出，何時翻手移步，也是個難題。搞不好氣會走岔。而聽說羊角當棍針使，無論按哪裡按多久，有益無害。於是聽電台時周身點壓，羊角陷入肌膚直至微痛，擰轉。彷彿這般滯塞的氣海緩緩重又運轉，不致老得太快。

搬到公寓前，兒子把他的狗載到膠林深處，丟了。公寓不能養狗。電梯外似乎釘著塊牌：Pets not allowed。他想：真是可憐呢。可到底是人重要。獨居是他自己的要求，為人為己拚搏多年，他想自己過日子。妻子過世後，磨蹭了兩年，兒子才終於依了他。不是孝順不孝順的問題吶，他對兒子說：「你有你的，我也有我的生活。」公寓樓下有餐廳可以包伙食，有便利店、乾洗店，還有可以散步的公園。不就是衣食住行了嗎？「我照顧得了自己。」

樓下還有光碟店。蒙宇哲走了進去，想像裡頭的金毛怪異表情。顧客都是公寓住戶，所以應要求，可以開個帳號租DVD，免買。「我也開個號吧。」他對金毛說：「可以介紹一些A片嗎？」想像金毛瞠目結舌的樣子，他忍不住想笑。我還是個正常男人啊，小弟，無須給我打折。

兩個星期手淫一次，是蒙宇哲極少的，獨居的樂趣之一。他習慣租兩片DVD，先放三級片，有故事的，最好由叫得出名字的墮落明星主演——不是說嘛，聲音是演技的一部分，慢慢的隨著那些逝去的光影，流洩而出依稀可以指認的臉孔，經上闕融入瞳孔，直下俞府、靈墟、幽門、石闕，至橫骨囤集，引而不發。而後插入五級片，聽聲辨影，交疊扭擺的胴體、器官與器官合奏出穢語浪聲，教他想起古時印度蛇藝人笛孔裡的魔音。

反正時間多的是。

如此幾個來回，他和金毛混得熟。一日踏進門，已經能問：「有按摩女郎電話？」羊角倒沒擱下，只是背脊搆不著，腰間要按也不順手。金毛說，外邊路燈柱怕是掛著有，匆匆去抄了回來，往他手機裡鍵入兩組號碼，握住他的手教他：「按一就直接撥了。服務不好，下次就按二。」

於是一號便來了。叫米娜，蒙宇哲引她入屋，脫剩一條短褲臥躺床上。「從哪兒來呢？」「越南。」「哦，年輕時去過的，還劍湖。「華語說得還不錯。」蒙宇哲想著，自己裸裎背部的鬆垮皮肉，已經多久沒被人觸碰了呢？尤其還是個異國女子。「嗯，來了兩年。」米娜開始泰式按摩，只是——舉手抬腳的，老骨頭可受不了。不到半小時已經投降，——「我看啊，按按腳算了。」

於是自助的按了幾天羊角，身子卻又癢了，吸取教訓，找了二號。怎知來的還是米娜。訕訕的怪不好意思，想來她是知情的，問：「這次試試油壓？」怕弄髒床，鋪了塊大毛巾，擠出按摩膏往他身上搓。嗯，怪舒服的，兩隻拇指像突出的兩顆鵝卵石，在他背脊滾來滾去。時不時頓得一頓，下壓，微痛時即鬆開，復又溜滑，他乾癟肌膚已經宛如柔軟河床。他也曾走過公園那塊腳底按摩石，如今卻是他躺著，圓滑的石來走他。走著走著，蒙宇哲默念那些景點：陶道、風門、靈台、膈關，雖不中亦不遠矣。曾經的那些陽光明媚，他曾經遠足過的，一一回到暗裡，恍若隔世，卻也有隔世的好。

快睡著時米娜囑他翻身，騎了上來，就著腳力輕輕坐上他大腿。他覺得羞恥了，像一幅棄置的風景遭人掀開，鵝卵石滾上他胸口。他不自覺的閉起了眼，感覺腹部有衣婆娑，若隱若觸，她的乳房。已經聽得見她喘息，多麼教人懷念。

待她的手壓到恥骨，頂起縮回，那麼不經意的，似乎還是碰觸到了——她問：「我幫你？」

輕輕褪下褲子，再輕輕站起，衣物窸窣落地。然而一切歸於平靜。跋山涉水到達這裡，盡頭處只見荒蕪無生氣。他想起「永垂不朽」，原本堅挺的硬物，怎地萎頓如斯。她只輕輕握著，也不言語，累了，躺到他身旁。

離開前經過書房，進去看了看，詫異的問：「都是你的？」他點頭，苦笑：「留著也沒用。」

隔日他又到金毛處，帶回DVD置入；既安心又憂慮——明明可以，卻是不能。只能求己不能求人？問人倒不壞，如年輕時該有個情人，這把年歲了，總該有個醫生朋友。他打電話向老中醫問診，老中醫訥訥的問，靜靜的想，語氣聽不出是羨慕是惋惜：或許——

米娜再來時，蒙宇哲彷如初涉情場而或將到達，一切都有所安排唯恐不周。他握住米娜的手，如此實在的，粗糙著，卻又似遙遠陌生的美好。他把窗戶關緊，把窗簾拉上，將一早選好的DVD插入，跳選至最滂沱那章，把聲量扭高，靜躺床上等待事物的發生。呻吟聲交纏，大而殘破，盤沿直上真如魔音，他化身為蛇緩緩昂首，在米娜套弄下激動吐舌——

如信。多少年了，他臨終的遺言斷斷續續的寫，原來還沒寫到盡頭。暗地裡寫的詩，他曾經以為，那些交疊扭擺的歪斜字句，將孤獨支撐他的晚年。而今他終於在一個女子的注視下，重又是一個男人。精神和肉體的富足，讓他覺得自己完整了，覺得再也沒有如此這般，更好的老去。

老去的蒙宇哲很注重健康。他維持規律生活，早睡早起，菸早戒了，每晚臨睡前聽聽晚間新聞，按按羊角，喝一小杯酒。晨起到樓下小公園散步，出了汗便到露天餐廳納涼，邊吃早餐。三餐都不讓人送上去，得自己下來，走動走動。時間多著呢，他教會金毛那些象棋指令——炮二平五，馬二進三，兵七進一……，午後到金毛那裡下幾盤棋。天氣清朗時也會呆坐游泳池畔，一字一字寫詩；孩童嬉鬧聲、潑水聲傳來，那位姣好女子又已翻過身，往她青春勃發的江湖潛去。而今已是弱水，如果我們小孩般相遇——有時他會想起米娜——事情該不會，草草寫就。

一個月總有幾次，米娜會應召上來。「應召」這個詞聽著有點礙耳，慢慢的他們「時有聯繫」，偶爾還是米娜打來電話。按她的行話，她這是出私鐘，賺的錢無須被抽佣。他給米娜辦了一張識別卡，讓她來時不必到守衛室登記，逕自打開守衛室旁邊那道電子小門，穿過車道走入小公園，經過金毛DVD店，走上階梯行經游泳池，再走下階梯打開他樓下玻璃門，搭電梯上十八樓。他會坐在客廳盤算時間，想像米娜走過公園時落日餘暉淺淺映出她的影子，她越過那些不相干的人、石凳上情侶，越過DVD店時金毛露出恍然大悟的樣子，知悉他早前來進貨的原因。電梯裡會有趁週末外出購物回來的家庭，發出塑料袋沙沙聲響。開開關關的電梯門阻緩了時間，他等待著頂樓電梯門打開的聲音，幾不可聞「叮」的微響，卻讓他和世間有了些關聯。

米娜說她有回家的感覺。他是真心誠意相信，一張識別卡所能給予她的異鄉溫暖。她的雇主為她們安排了住宿，一間房裡住進六個人，三張雙層床架逼仄地擺著，沒留下多少空間。「我們像是按摩機器。」米娜自嘲。但她這副按摩機器顯然是「低階」的。她老實承認，離鄉前從未學過按摩。而來此地只為賺錢，一切都是急就章，從同鄉處學了幾天便算上手。雖然蒙宇哲找人按摩，所想的並不止於按摩，或可說按摩只是醉翁之意不在此的，退而求其次的「原意」。但幾番來回以後，在情慾來襲復又退潮之際，蒙宇哲倒真想讓人好好舒筋活骨。這恰恰是魚與熊掌——魚水之歡和按摩力度若能兼得豈不美哉。於是他託金毛為他張羅按摩教學DVD。這個……金毛面有難色，到哪兒找啊？他叫他到書局，會有隨書附送的。他知道推廣棍針過穴那老中醫便出了一本，錄成光碟親身示範。

偶爾米娜會留宿，翌日他們一同上市場，買些菜回家煮食。米娜挑選時他在一旁等著，想像旁人如何看待他們。大概是女傭照顧著老主人吧。類似這樣的特定時刻，他才會確切地認出自己已經老了，且老了會是一種方便。於此他又不無得意，覺得自己超出了旁人所意料，做出了老人所不應該做或未能做的事情。尤其當米娜牽著他，同樣的手昨夜裡曾那麼輕柔地撫過，又那麼粗野搓揉過他的私處，他忍不住回牽米娜的手，忍不住引來一些不同目光，而他暗裡偷笑，眼不見為淨。他把這個帶點「孩子氣」的想法舉止告訴米娜，米娜用力捏了他一把。他覺得比按摩時帶勁多了。

蒙宇哲帶米娜上盲人按摩院，說要實地教學。其實他只來過一次，覺得讓盲人按摩心裡彆扭，總是想到他們在暗中摸索自己的身體，擔心他們一時錯手摸錯別處——雖然盲人們訓練有素，是他瞎操心；再加上要兒子載送，嫌麻煩就不來了。如今有了米娜陪伴，出門意欲高了許多，便想讓米娜見識見識所謂按摩力道。

於是叫了一男一女兩位按摩師傅，躺上了按摩椅。談話間知道他們此行目的，按摩師傅按得格外用力。女師傅說她們有標準訓練模式，用手按橘子，得按出滿滿一杯果汁。男師傅說他們按的是芭樂，得擠出種子才能過關。是真是假，不得而知。世上真真假假物事太多，何勞一一辨識。即便作假，且無須深究。

按摩椅上端有個窟窿，可把頭穩穩放入，不致阻礙呼吸。多好的設計。在家按摩時蒙宇哲常不懂把頭往哪擺，脖子怪不舒服。向老闆打聽，剛好店裡有賣，但需自取。恐怕要兒子來載了，蒙宇哲猶豫著，還是作罷。

他和米娜的關係，或可說「兩情相悅」，但始終有所保留。至今他們僅止於口舌之慾，無論如何翻騰難熬，總還守著最後的城池，彷彿床笫間有條底線，一方不讓進來，一方也沒想進去。他不畏人言，什麼「臨老入花叢」，花叢裡還是帶刺玫瑰——悠悠之口與他何涉。人們總把玫瑰和越南掛鉤，暗指性病，但活上他這年頭，何懼之有。只在輾轉反側間，交響樂奏至澎湃流轉時，他總會想起結縭數十載的妻子，或玩笑或認真的說過，一人死去，一人守貞。他並不認為忠貞是多重大的操守，但自己離妻子那頭近了，犯不著毀約。甚至他隱隱以為這是他生存的意義，他放縱自己，又羈勒自己，以此為自己留活於世的，一個善良的寄託。而米娜呢，他只聽說，她在越南有兩個尚未入學的孩子。

他陪過她幾次，到銀行匯錢回鄉。他一直不明白，為何米娜的週休會落在週末。難不成週末是家庭日，居家男人謝絕按摩，單身的自有去處？而星期日早晨開門營業的銀行，更讓他數十年養成的時間觀念失序。到處都是女傭、外勞，到處都是聽不懂的話。這個國家到底怎麼了？若他還年輕，他會寫文章抨擊，寫詩譏諷。但此刻他站在銀行大堂，那些身體、聲音不斷從身邊流走，已經和自己無涉。

他事後回想這段乖離常軌的時光，回想米娜，只覺得這是上天為他安排的一趟奇幻旅程。

一日，米娜帶來了薰香。點燃，他可以看見那些裊裊升起的輕煙，裊裊化作虛無。米娜拉開窗簾，他問：「看見什麼了？」米娜說：「對面樓房，像一口一口棺材。」他陷入沉思。米娜拉起窗簾，坐到他身邊：「哦不，我不是那個意思。」他笑了，有了興致，起床翻找出一疊疊詩紙，遞給米娜：「我沒想那個。我想妳說的話，那片巨大的懸棺群——懸棺，掛在山崖的棺材。妳看，妳剛剛說的就是詩。」她說：「我不懂。」他讓她念他的詩，一一修正、重組，取出紙筆，囑她重抄一遍。他想：多麼久遠的事了呢？或許可以重新投稿。這樣的舉措，重又讓他有了入世的安穩。

按摩時他感覺詫異：力道比往常大得多。按摩後問及，她說：「我知道盲人按摩為何那麼用力了。」他不語，讓她繼續說：「因為他們努力要生活下去啊。」他們躺在床上，短暫靜默著。簡直有點愴然了，他想的是：已經過了努力的年紀。薰香已稀，她問：「你……要做嗎？」他心跳了一下，攪動許多心事，復又清澄，覺得並無不可，於是點頭。她為他倒了杯水，扶他上床，如往常般褪下衣物。

卻是已然不同，彷彿回到了故鄉。他進入了。如此充實溫暖，他想起祖屋前的草場，他兒時的江湖，曾經恣情馳騁，你追我逐玩抓抓，陽光與汗水，小小而明快的腳步；累了就坐到溝渠磡上看蜻蜓點水，拿脫下的衣服逗牠，赤膊處可見水氣冒升。蝌蚪還在等待伸腳，未來是一個一個的逗號；當年的玩伴如今安在？已經不記得名字，面目模糊，但記得一個一個的童玩。他在心裡一個一個的數：陀螺兀自旋轉，紙鳶已飄往山的那端，石彈珠啪啦裂開。不曉得為什麼，那兒特別多蜻蜓，輕盈但一意飛走。

醒來時，米娜已離開。頭有點重，蹣跚走進廳，以羊角搓揉兩邊太陽穴；察覺天色已暗，空氣也已不同。是一種空——他摸索著，手機、手錶、電視、DVD機、音響、微波爐，如此日常的，他的身外物，都已經不見。他以為那麼穩妥的，夾在詩集裡、小說中的錢，也被一一翻出，取走。

只留下一張字條。

多麼完美的句點，像是偵探小說裡最優雅的簽名。他把字條收進口袋，開門下樓，電梯「叮」一聲開了，他走入光碟店，向金毛敘述事發過程。有點幸災樂禍，竟或還有點得意，像是轉述報紙上的，別人的故事。

取出字條，囑金毛念出：「對不起。我也拿走了你的詩。」

他怔住了。原來是這樣。整起事件裡，這最讓他意外。那就這樣吧，金毛問：「明天幫你找個三號？」「這樣的事，還是明天再說。」

回到公寓，他深深陷入沙發，想起他的狗，在鋪天蓋地的黑暗膠林裡，仍然耐心等待天明。明天——他想著，該去買部新ＤＶＤ機。或許，還該買支錄音筆試試——不無安慰，他為他的詩找到了讀者。

宛如夢一場。他如何記存這些，那些，無論優美齷齪，而最終英清沉靜，如同一早已經平鋪在那兒的，活著的證據。他想著，該不該有宗教信仰——明天也買部金剛經吧，慢慢慢慢摸索，反正日子還長著。這也好，孤獨本是生命的本質，那位年輕歌手不就一直這樣唱著？

他想起他那套Pioneer家庭影院系統，曾經起念要請米娜和她的同鄉們上來唱KTV，他並且已從金毛處購得染塵舊歌：同是天涯淪落人，相逢何必曾相識……。不曉得米娜轉賣音響前，會不會先唱一唱，能不能感受他寄託其中的，深深的憐憫和感激。但她們唱出的，大概是遙遠且與己無關的鄉音吧。

或許人老了以後，越久遠的事越能記起。他想起許多年以前寫的詩——

如果我們小孩般相遇
我會看見妳

最隱祕的私處
沒有遮掩
沒有不必的陰影

【後記】

文本的偷換

我寫小說，也寫散文和詩。散文是自畫像，縫縫補補我的回憶。詩是我書寫的初衷，暴露或隱藏我的感情。小說花了最多心力，只因它是想像的，像我身處的赤道國家所沒有的雪地。你得製造雪花，仰望它們自不知何處有聲或無聲飄落，壓斷或許現實中存在的枝椏。這是要花心思的，慢慢疊高的過程。然後你就會想在雪地上撒點野，這是體力活。

寫小說，和寫散文及詩不同。後二者從真實出發，往往卻要走失。而小說努力往真實靠攏，但一開始它已是假的。如何在這個假的前提下讓人看見真實？便是下在馬來西亞的雪，雪是假的，踩出來的可是真的足印。

重複可以建構真實。我中學的地理課本已經清楚標明，馬來西亞並不處於地震帶。然而自南亞大海嘯發生以來，幾年間我已好幾次在五樓辦公室，看見桌上堆起的書本搖晃無以名狀。幾次走樓梯從五樓到地上避震的經驗，已經足以說服我背叛課本，相信某些看不見的事物蠢蠢欲動，在不可知的未來現形。馬來西亞不會發生地震這個真理常識，似乎站不住腳，隨時會轟隆塌下來。

我不厭其煩把我某些詩句和散文段落拼貼進小說，它們是真的，曾經那麼確實地發生，以致在小說這塊雪地綴上足印，衝擊「小說是假的」這個真理常識，讓蒙宇哲和陳如藝擁有真實的人生，不至於被人（特別是作者自己）輕易推翻。

〈偷換的文本〉那趟從馬來西亞曲折以北，經泰國、柬埔寨到越南的火車慢旅，我確實是走過的。這趟旅程甚或在我的詩集（就叫《有人以北》）有詳實的描述。只是那看起來卻是另一個人生了。如今大概沒什麼人忍受得了顛簸，廉價航空Air Asia已經喊出「人人都能飛」口號，你看蒙宇哲和陳如藝回程坐的便是亞航。空服員身上穿的，確實便是處女血。

〈遍地野花香〉裡的布城，巫名Putrajaya，與巴西首都巴西利亞和緬甸首都內比都類同，是在一片荒野上憑空建設出來的國家行政中心。布城尤其適宜養牛，我取其諧音Bull，憑空想像一場別開生面的Bull Shit選舉。至於後來發生了可能影響馬來西亞執政黨選情的養牛中心貪污事件，與台灣美牛事件一般，卻是始料不及的。

〈黑水溝〉這篇名當然取自陳昇同名歌曲，寫作的背景音樂卻只能是〈如風少年〉，我差點把褪色的卡其長褲也寫了進去。我還一直懊惱為什麼要拋進去兩個鋼盔，就只為了想聽見篤篤木魚聲，以及少年那萬般想像在某個特定時刻會壓背的，柔軟的惡作劇。

而〈風情無人處〉的背景音樂，恰恰是〈黑水溝〉。我中學時一直以為這是一首情歌，原來黑水溝卻是流淌兩岸間不忍被翻動的歷史。（我小時家門前那條黑水溝倒是不時得鏟出淤泥，免堵塞發臭的。）那是國民黨和中共的故事了。我覺得這樣的誤聽，可以移植到馬來亞共產黨和民盟，而為了有誤讀的效果，我盡可能讓它看起來真實。這樣的玩鬧其實不無愧疚，唯一讓我安慰的是，我在玩鬧中漸漸也有了真實的情感。

一如集子裡開的馬來人的玩笑，其實感情複雜，近乎無法言說。大學時我修一門種菜的課，每天黃昏都得從香港連續劇裡抽身，騎摩哆到山坡上為蕹菜（又名馬來風光）澆水。那時我的鄰居是一馬來女孩，累了我們會坐在菜畦上聊天，等待晚禱聲突兀響起，旋即如水覆地，融合一起，自有一股安撫滋養力量。有一年我在土耳其聽見晚禱，恍神間竟似鄉愁。

馬來西亞的馬來同胞，顧家、懂得慢活，「知天命」。可惜與華人同國，免不了「外來」壓力，未能與世無爭。我尤其喜歡闖入馬來甘榜（村落）——燕子在電桿與電桿間列隊，數算日子如電滑離。高腳屋前椰骨掃帚細細梳理黃昏。然而我畢竟是闖入者，無論拋下的是垃圾或黃金，總得他們走出家門來清理或撿拾。我與他們打了個照面，如此近那麼遠，各自又回到自己的生活裡去。

小說是作者的第二人生。作者的許多習性和經歷，總會一脈相承但移形變貌地，在這裡現形。以上種種，如果不是作者在這裡披露，應該會是永遠的謎底——你不會知道謎面在哪裡閃出。我所能體驗的寫小說最大的樂趣莫過於此：只有我知道哪些事情是真的發生。在小說這個造假的基礎上發生，如往虛挖出來的洞裡掩埋真實的石頭。就這點上小說和詩一樣，跡近隱藏的藝術。

寫到這裡我豁然開悟，我寫小說不過是藉著那些玩鬧和偽抒情，試圖若隱若現的把自己藏匿起來或暴露出來。竟或是踩紅地毯的盛裝女星，追求的不過是性感而已。

所以那些更多更巨大的真實，且讓作者都壓到紙背，揣想和讀者玩捉迷藏時偶爾會溢出來的樂趣吧。當然，讀者都是虛假的。沒有人願意，也沒人會玩你的遊戲。這僅僅是自己和自己的捉迷藏。

和詩一樣，後記是小說的敗筆。因為以上種種，讀者完全不需要知道啊。

＊

感謝錦樹寫的序。王小波確實是我很喜歡的小說家，〈偷換的文本〉其實已寫出我部分「師承」。但他不知道（也許不願說破），〈在逃詩人〉是向〈全權代表的祕密檔案〉致意的作品。

感謝以軍寫的序。我一直記得那年深秋瑟縮在台北街頭，他給我脫下來的寒衣。他是那麼溫暖的一個人。

感謝寶瓶出版社社長兼總編輯朱亞君及編輯禹鐘月，教我感受台灣出版業界的專業和文字素養。在台灣出書是一個夢，在真實世界裡發生了。

感謝黎紫書、許裕全和龔萬輝寫的推薦語。能和這些厲害的傢伙同處一個時代，真是教人興奮地顫抖啊。

二〇一二年七月二日，歐洲盃決賽前

發表索引

〈偷換的文本〉
二〇〇四年三月·馬來西亞八打靈十九區
二〇〇六年二月十九日·《星洲日報》文藝春秋

〈遍地野花香〉
二〇〇四年六月·馬來西亞八打靈十九區
二〇〇六年二月號·《香港文學》

〈在逃詩人〉
二〇〇四年十一月·馬來西亞八打靈SS2

〈尋找大腳〉
二〇〇七年一月·馬來西亞蒲種
二〇〇七年三月十八日·《星洲日報》文藝春秋

〈尋找小斯〉
二〇〇七年六月．馬來西亞蒲種
二〇〇八年三月九日、十六日．《星洲日報》文藝春秋

〈安老〉
二〇〇七年九月．馬來西亞蒲種
二〇〇八年一月二十九日．《人間福報》副刊

〈黑水溝〉
二〇〇八年十二月．馬來西亞蒲種
二〇〇九年十一月二十二日．《星洲日報》文藝春秋

〈被推翻的小說〉
二〇〇九年七月．馬來西亞萬達鎮彩虹閣
二〇一〇年十二月十二日．《星洲日報》文藝春秋

〈風情無人處〉
二〇一〇年十二月．馬來西亞萬達鎮彩虹閣
二〇一一年十二月十一日、十八日．《星洲日報》文藝春秋

〈暗中〉
二〇一一年七月．馬來西亞萬達鎮彩虹閣

國家圖書館預行編目資料

在逃詩人／曾翎龍著
--初版. --臺北市：寶瓶文化, 2012.09
面； 公分. --(Island；180)

ISBN 978-986-6249-95-2（平裝）

857.63　　101014557

Island 180

在逃詩人

作者／曾翎龍

發行人／張寶琴
社長兼總編輯／朱亞君
主編／張純玲・簡伊玲
編輯／禹鐘月・賴逸娟
美術主編／林慧雯
校對／禹鐘月・陳佩伶・劉素芬・曾翎龍
企劃副理／蘇靜玲
業務經理／盧金城
財務主任／歐素琪　業務助理／林裕翔
出版者／寶瓶文化事業有限公司
地址／台北市110信義區基隆路一段180號8樓
電話／(02) 27494988　傳真／(02) 27495072
郵政劃撥／19446403　寶瓶文化事業有限公司
印刷廠／世和印製企業有限公司
總經銷／大和書報圖書股份有限公司　電話／(02) 89902588
地址／台北縣五股工業區五工五路2號　傳真／(02) 22997900
E-mail／aquarius@udngroup.com

法律顧問／理律法律事務所陳長文律師、蔣大中律師
如有破損或裝訂錯誤，請寄回本公司更換
著作完成日期／二〇一一年七月
初版一刷日期／二〇一二年九月三日

ISBN／978-986-6249-95-2
定價／二七〇元

AQUARIUS 寶瓶文化事業

愛書人卡

感謝您熱心的為我們填寫，
對您的意見，我們會認真的加以參考，
希望寶瓶文化推出的每一本書，都能得到您的肯定與永遠的支持。

系列：Island180　**書名：在逃詩人**

1. 姓名：________ 性別：□男 □女

2. 生日：____年____月____日

3. 教育程度：□大學以上 □大學 □專科 □高中、高職 □高中職以下

4. 職業：________

5. 聯絡地址：________

聯絡電話：________ 手機：________

6. E-mail信箱：________

□同意 □不同意 免費獲得寶瓶文化叢書訊息

7. 購買日期：____ 年 ____ 月 ____日

8. 您得知本書的管道：□報紙／雜誌 □電視／電台 □親友介紹 □逛書店 □網路 □傳單／海報 □廣告 □其他

9. 您在哪裡買到本書：□書店，店名________ □劃撥 □現場活動 □贈書 □網路購書，網站名稱：________ □其他________

10. 對本書的建議：（請填代號 1. 滿意 2. 尚可 3. 再改進，請提供意見）

內容：________

封面：________

編排：________

其他：________

綜合意見：________

11. 希望我們未來出版哪一類的書籍：________

讓文字與書寫的聲音大鳴大放

寶瓶文化事業有限公司

（請沿此虛線剪下）

廣 告 回 函
北區郵政管理局登記
證北台字15345號
免貼郵票

寶瓶文化事業有限公司　收

110台北市信義區基隆路一段180號8樓

8F,180 KEELUNG RD.,SEC.1,

TAIPEI.(110)TAIWAN R.O.C.

（請沿虛線對折後寄回，謝謝）